乱舞　天下御免の信十郎6

幡　大介

時代小説

二見時代小説文庫

目　次

斬刃乱舞——天下御免の信十郎6

第一章　往く者は諫《いさ》むべからず

一

寛永《かんえい》元年（一六二四）七月。

この年の二月、元号が元和《げんな》から寛永に改元された。

『甲子革令説《かしかくれいせつ》』というものがある。六十年に一度、甲子《きのえね》の年に天下の制度が一新される、と古来より信じられてきた。

三国志で五斗米道《ごとべいどう》が掲げたスローガン、『歳は甲子にありて天下大吉』は有名だ。甲子の年があったからこそあの時期に、天下の群雄が一斉に旗を揚げたのである。古い天が死に、新しい天が立つ。一種の天変地異が甲子の年に起こると考えられていたのだ。

そして江戸時代の日本。折よくこの年が甲子の年にあたっていた。その前年に家光《いえみつ》は将軍職を継ぎ、生まれながらの将軍になった。

徳川幕府としては、どうあってもこの時期に新将軍の御代《みよ》始めを行なわなければならなかったのであろう。新将軍の新体制で次の六十年を乗り切ろうと考えたのである。

まさに天下一新の年。家光の覇業は甲子革令説にも支えられ、洋々たる前途が開けているようにも思われた。

信濃国、高井郡高井野。

時代が新しい天下に移ろいゆく中、古い天下に置き去りにされた男がここにいた。

河川に囲まれた小さな岡に城が建っている。背後には白根山、万座山の巨大な山容が聳《そび》えている。……というと、後ろ堅固で、かつ、自然の河川を水堀とした要害のようだが、実際にはほとんど軍事的価値はない。

東西に五十八間（約一〇〇メートル）南北に四十間（約七〇メートル）。

城と呼ぶにはあまりに小さい。陣屋と呼べる規模でもない。ちょっとした庄屋でももう少し大きな屋敷を構えている。

四方に土塁がかき上げられているが、それも水害を防ぐ程度の規模でしかなく、敵兵の侵攻を受けたらひとたまりもあるまい。

しかし、これが高井野藩二万石の本城なのである。

三万石未満の大名の居館は、城ではなく、陣屋造りとすることに規定されているが、高井野藩は数年前まで四万五千石の石高があった。であるからここは城であるはずなのだ。城としての規模と機能を持たせていなければ、逆に、武家諸法度《はっと》に反してしまう。

にもかかわらず、この貧弱ぶりはどうしたことか。


夜。川面で月光がきらめいている。

この近くには『田毎《たごと》の月』の名で知られた棚田がある。そもそも信濃とは科野《しなの》であり、科の意味は棚田や段々畑のことであるという。

高井野にも棚田はあって、それぞれに細い月影を宿している。

夏草が騒《ざわ》めいた。黒い影が棚田の畦《あぜ》道を駆け下ってくる。いったいどこに潜んでいたものか、闇の中から男たちが次々と出現し、集まって一団を成し、麓を目指して疾走した。

やがて。一団の目指す先に、高井野城の軒が黒々と現われた。

川霧がすこし立ち上っている。粗末な土塁の裾でたなびいている。かがり火も焚《た》かれておらず、夜警の兵の姿も見えない。周囲に点在する百姓家と同様に、城全体が深い眠りに就《つ》いているものと思われた。

一団の先頭で、組頭《くみがしら》らしき男がヌウッと長身の背筋を伸ばした。覆面から出した目玉を険悪そうに細めさせて、高井野城を遠望した。

「なんやなぁ、剣呑《けんのん》やなぁ」

呆れ果てた、とでも言いたげな、妙な抑揚をつけて感想をもらした。夜中に忍んできた者とも思えぬ高い声だ。

徳川家が誇る第二の忍者軍団、甲賀組組頭、山岡新太郎景本《やまおかしんたろうかげもと》である。秀忠《ひでただ》、家光父子の上洛に際しては、箱根を護って御所忍びを多数討ち取った。

「若頭領、お声が高ぅござる」

別の忍びが窘《たしな》めた。こちらの忍びは老練な——というのを通り越し、もはや老人と形容すべき年格好だ。覆面から覗けた眉毛まで白い。

「身を屈《かが》めなされ」

老忍は山岡新太郎の肩を押さえつけて身を屈めさせた。山岡新太郎の背は高い。いくら黒装束に身を包んでいるといえども、野放図に立ち上がったら目立ってしまう。そのうえ、声まで出すとは何事か。

「敵の本拠の近くにござるぞ。すこしは考えてくだされ」

「阿呆、あの城のありさまを見てみぃ。だーれも、見張りに立っとらんやないか」

呑気《のんき》そのものの抗弁に、老忍はますます呆れ果てた。

「それは、見せかけだけかもしれませぬ」

警備が厳重であればあるほど、あえて無防備を装う。敵の油断を誘う謀《はかりごと》かもしれない。

「相手は戦国往来の古強者《つわもの》。ゆめゆめ油断はなりませぬぞ」

うっかり不用意に踏み込めば、満を持して待ち構えていた敵兵に討ち取られることもありうる。

それでも山岡新太郎は、さらに呑気な表情で、長い顔をさらに長く伸ばして老忍を見つめ返した。

「そうだとしたら、わしらがここに来たことは、とうに先方に知られとるっちゅう話やないか。どっちにせよ、いまさら身を隠したところでなんの益もないわい」

それは屁理屈だ、と老忍は思ったが、まんざら一理ないわけでもない。

どちらにしても、この城の佇《たたず》まいはあまりにも異常なのだ。

新太郎は城を遠望しながら、ブツブツと独《ひと》り言《ごと》を呟いている。

「こんな締まりのない城、ありうる話やないで。この城の主、よっぽど太平楽な阿呆か、それとも我らを討ち取らんと待ち構えている猛虎か、あるいは……」

「あるいは、なんでござる」

山岡新太郎は顎をしきりに撫で、小首を捻《ひね》ってから答えた。

「あるいは、もう、生きるのにも飽きて、わしらのような刺客が命を奪いに来てくれるのを待っておるのかもしれんなぁ、と、左様に思うたんや。なんとのう、そんな気がしてきたわ」

「どちらでもよろしい。それで、これからどうなさるのか。組頭としてご下知くだされ」

「そうやなぁ……」

新太郎はまたしても、長々と黙考してから答えた。

「はるばると信濃まで来て、挨拶もせんで帰るのも業腹《ごうはら》や、どっちゃにせよ宝台院《ほうだいいん》様直々《じきじき》の御下命に背く、っちゅうわけにもいかん。それになぁ、蛇の生殺しは始末におえんで。わしらにとっても、蛇本人にとってもな」

「では、まいりまするか」

「まいるといたすか」

悠長な口調とは裏腹に、新太郎は突如、疾風のように駆けだした。忍びたちが慌ててあとを追う。

信十郎《しんじゅうろう》は目を開けた。

「来たな」

誰に言うともなく呟くと、

「おう、来よった」

傍《かたわ》らの藪の中から返事があった。

返事はあったが、人の気配はまったくしない。ただ淮木が繁っているだけだ。

これが『かまりの術』である。気息《きそく》を絶って自然の草木に同化する。完全に同化しきった場合、その忍びの姿はもはや人の目にも動物の目にも映らなくなる。そこに人がいるのだと把握できなくなるからだ。実際、人間の気配に過敏なはずの野ウサギがやってきて、何も気づかずに去って行った。

信十郎の背後の草原がガサリと揺れて、一つの影がノッソリとやってきた。

「来たぞ」

キリの声である。信十郎はチラリと視線を向けて、ちょっと驚いた顔をした。

「なんだ、それは」

キリは覆面で顔を包み、さらにその上から縄で縛りつけていた。

「まんざら知らぬ仲でもないのでな。こちらの顔を見咎《とが》められるとまずい」

どのような乱戦・乱闘に突入しても、けっして素顔が覗けぬように、という工夫であるらしい。

信十郎は、すこし困った顔をした。

「これは俺の一身にかかわる問題だ。そなたにとって不都合なら俺につきあう必要はない。身を引いても構わぬのだぞ」

キリの目が覆面越しに険《けわ》しく細められた。

「薄情な男だな」

「薄情？　どこが。左衛門大夫《さえもんだゆう》殿の窮地と思えばこそ、こうして信濃にまで足を運んだのだ」

「違う。オレに対してだ。日頃は『俺の妻だ』とかなんとか言ってるくせに、いざとなると他人行儀だ」

鬼蜘蛛《おにぐも》が呆れ顔で割って入ってきた。

「夫婦喧嘩しとる場合やないやろ。とっとと気息を絶たんかい」

キリは夏草を揺らしながら戻って行った。とはいえ、その揺れ具合は、夜風に草のなびく様とまったく見分けがつかない。すぐに気配も感じられなくなった。

すると今度は別の気配が近寄ってきた。猫か何かの小動物かと思ったら、歳の頃、十六、七の娘であった。

「鬼蜘蛛兄ィ、あいつらが来たよ」

鬼蜘蛛はウンザリ顔で片手を振った。

「わかっとるわ。ミヨシ、お前は後ろに下がっとれ」

「うん。手筈どおりに下がってる。じゃ、またね」

ミヨシはやはり、猫のような小さな気配だけを残して戻って行った。

信十郎は呟いた。

「ミヨシはいつでも朗らかだなぁ」

毎日毎日、生きているのが楽しくて仕方がない――という顔をしている。いったいどういう神経の持ち主なのか。

かつて、初めて江戸に向かって旅した頃の信十郎と鬼蜘蛛も、そのような顔をして、毎日弾むような心地で過ごしていたのだが、もう、それは遠い昔のことである。信十郎はかつて自分にそんな時期があったことすら忘れかけている。

「我らもそろそろ顔を隠すか」

信十郎も徳川政権内に知り人が多くなっていた。顔を見咎められるのはよろしくない。

二人が覆面を被るあいだにも、徳川の忍軍、甲賀組は、城の周囲の川の流れをいくつも押し渡り、ついには土塁を乗り越えて城内に入ってきた。

土塁の内側には、城壁とも呼べないような薄い壁が一重だけある。敵が来た際に、城兵たちはこの壁を頼りにして、狭間《はざま》から矢や鉄砲玉を放つのであろうが、今夜は兵の姿もまったくない。曲者どもは手前勝手に侵入を果たし、荒れ果てた城内を走って、奥の屋敷、この城の主が寝ているであろう建物に向かって行った。

――これが福島正則《ふくしままさのり》の居館か。

山岡新太郎の目の前にあるのは、ほんとうにお粗末な、庄屋造りの館であった。

――千石取りの旗本だって、もうすこし、ましな家に住んでおるで。

折しも江戸は都市建設の真っ最中で、大名はもちろん、旗本たちもそれぞれに居館の豪華さを競い合っていた。

明暦《めいれき》の大火で焼ける以前の江戸には桃山風の建築物が建ち並んでいた。日光東照宮のように彫刻や金箔で飾られた大名・旗本屋敷が栄華を競っていたのだ。

それに比べるとこの館はあまりにもお粗末だ。

山岡新太郎は忍びとして育てられた者であるから、およそ感傷とは無縁である。だが、それでもある種の感慨を覚えずにはいられなかった。

福島正則と言えば、少年の頃から豊臣秀吉《とよとみひでよし》につき従い、賤ヶ岳《しずがたけ》の合戦では一番首の手柄を立てて『賤ヶ岳七本槍』の筆頭となり、尾張清洲の城主となって従三位《じゆさんみ》参議の高位高官に出世をし、関ヶ原の合戦では東軍先鋒として岐阜城を攻め落とし、さらには西軍を撃破して、結果論ではあるが、徳川家康に天下を取らせた男だ。

武勲赫々《かくかく》たる荒大将で、その勲功に相応《ふさわ》しい大封、広島四十九万八千石を領していた。

それが今ではこのありさま。信濃の棚田を二万石ほど領する木っ端大名だ。城とも陣屋とも呼べぬ砦に住み、宿直《とのい》の侍すら見当たらぬ館に寝ている。平家物語の冒頭部分は、この時代の人間なら教養の基本として誰でも諳《そら》じているが、まさに、そのままを連想させる半生だった。

どうしてこんなことに、などと考えるまでもない。

豊臣秀吉の従兄弟《いとこ》という出自は、徳川政権下で生きてゆくには荷が重すぎる。さらに豊臣秀頼の保護者を気取って家康の雄図を何度も阻《はば》んだのであるから尚更《なおさら》だ。

――だが、それも今宵で終わる。

もし、福島正則が人生に飽きて、刺客の到来を待っているのであれば、願いどおりに引導を渡してやるだけの話だ。

城内は空堀《からぼり》で二分割されていた。一応これで本丸と二ノ丸に区画したつもりなのであろうが、その空堀も土砂で半ば埋もれている。二ノ丸御殿に相当するような建物もない。

新太郎たちは二ノ丸を走った。庭木も築山も庭石もなく、遮蔽物には乏しいが、見張りも立っていないのだから姿を晒《さら》しても問題はない。

だが、数間走ったとき、山岡新太郎は突然、何かの気配を察して足をとめた。

――散れ。

指先で合図を送ると、配下の者どもが一斉に散らばって身を伏せた。濃い柿色の装束は、すぐに闇に溶け込んで見えなくなった。

新太郎だけが開けた草地、というか、手入れされていない庭というか、夏草の好き勝手に生い茂った中に立った。

ヒュッと何かの音がした。鋼色の物体が旋回しながら飛んでくる。

──手裏剣や。

新太郎は、腰の後ろに差していた短刀を抜いた。抜くやいなや一撃で手裏剣を打ち落とす。と同時に手首を返して、何も見えない空中の闇を切り払った。

キンッと鋭い音とともに火花が散った。漆黒に塗られたもう一枚の手裏剣が新太郎の足元に転がった。

手裏剣は二枚重ねで飛んできたのだ。一枚は夜目にも目立つ鋼色で、月光を反射させながら飛ぶ。もう一枚は黒く塗られた闇手裏剣で、一枚めの手裏剣の下側を飛んでくる。

上側の手裏剣だけに気を取られると、闇手裏剣の餌食《えじき》となる──そういう工夫がなされた手裏剣技なのである。

しかしさすがは甲賀組組頭。その程度の目眩《めくら》ましにひっかかりはしない。やすやすと見抜いて打ち落とした。

それはともかく、新太郎はすこしだけ驚いている。

――忍びか……。

それも生半《なまなか》ならぬ手練《てだれ》だ。清洲や広島の領主だった頃ならともかく、たった二万石の福島家に忍びが従っているとは思わなかった。

――よほどの忠義者やろか……。

福島正則が荒大将として活躍していた頃、ともに戦場を駆けた老忍か。忍者も歳をとると妙に義理堅くなる。報酬など二の次にして主君に仕えているのかもしれない。

二度めの投擲が来た。今度は数枚、一度に投げつけてきた。新太郎は軽々と跳躍しながら避けた。空中で一回転し、夏草の根元に飛び込んで身を伏せた。

――いや。違うな。

これは、老人が投げた手裏剣ではない。勢いがありすぎる。

新太郎はすでに『かまり』に入っている。かまりのまま、意識だけを四方八方に広げた。

まるで目玉だけが野草の根元を走るかのようだ。新太郎は、我が目で見たのと寸分違《たが》わず、周囲の光景を『目視』した。

配下の甲賀忍びと敵の忍びの一団とが戦っていた。形勢は不利である。配下の者はすでに何本も手裏剣やクナイを食らっている。敵の攻撃を避けようとして撒《ま》き菱《びし》を踏み抜く愚か者もいた。

——これが甲賀の忍びかぇ。

自分の配下でなかったら、さんざんに笑い飛ばしてやるところだ。

——元和偃武《げんなえんぶ》も結構やけどな。

平和な月日が長すぎて、かつての手練は年老いたうえに腕が鈍り、若い世代は実戦を知らないのでもっと役に立たない、と、こういうことになってしまった。

むろんのこと、甲賀組にはその根幹を成す強者どもが揃ってはいたが、それらの精鋭は家光の上洛の折に、御所忍びとの激戦で消耗してしまった。

代わりに甲賀与力の平侍ども（徳川家での身分は御家人だが、実際は忍者）を引き連れてきたらこのありさまだ。まったくもって話にもならない。

——引き上げや。

無理をして戦っても勝目はない。この忍びの陣を切り抜けたとしても、館の奥には福島家の近習たちと、さらには福島正則本人が槍を扱《しご》いて待っているはずだ。

山岡新太郎は撤退の合図を送った。戦いに必死で、組頭の合図にすら気づかない者もいたが、そんな愚か者の面倒までみきれない。新太郎は早々に身を翻《ひるがえ》して脱出した。

「若頭領」

あの老忍が血まみれになって戻ってきた。

襲撃後の会合場所として指定してあった山林だ。帰ってきたのはこの老忍一人だけだった。

「ご苦労さん」

新太郎は斜めに伸びた赤松の幹に寄りかかり、平然とキセルを吹かしていた。その足元に老忍がドサッと両膝をついた。

身を震わせているから、何をしているのかと思えば、なんと涙をこらえているらしい。新太郎はますます呆れ果てた。

老忍は声を絞り出して告げた。

「皆、討ち取られてござる」

「さよか」

当然、そうなるであろうと予見していたので、新太郎の返事は淡白であった。一方の老忍はむせび泣きながらつづけた。

「二郎丸、岩虫、地蔵ノ吉、木猿に大猿、皆、死んでござる」

徳川家に武士として仕えているときは、武士らしい名乗りをあげているのだが、忍び働きでは忍びの本名を名乗る。それぞれの家に代々継承された名誉の名だ。しかし、名乗りに相応しい働きはできなかった。

新太郎は、ようやく顔を上げて老忍を見た。不思議そうな顔つきで、見た。

「なんやお前、わざわざ若いもんたちの最期を見届けてきたのか」

老忍は拳で地面を何度も殴った。

「皆、わしが育てた者たちでござるから」

とだけ言うと、地に伏せて号泣した。

新太郎はますます呆れた。

――忍びが他人に情けをかけてどないするんや。

この老忍だって若い頃は、組内の青二才など歯牙にもかけなかったのに違いないのだ。それどころか素直な若者たちを犠牲にして、我が身だけ生き延びたり、自分だけ得をしようと謀ったりしたこともあるだろう。

偃武が長すぎた。酷薄であるべき忍びたちまで人の心を持つようになってしまった。

――これは甲賀組、危急存亡の危機かもしれん。

などと思いながら新太郎は、何気ない様子でスルリと移動して、松の根元から姿を消した。あとに残された老忍は、新太郎が身を隠したことにも気づかずに泣いている。

と、直後、漆黒の人影が躍《おど》り込んできた。

ブンッと太刀が宙を斬る。金属音が連続し、火花が次々と散った。新太郎が手裏剣を投げつけたのだが、黒い人影に全部叩き落とされてしまった。

新太郎は松の木の上に移動している。太い枝から飛び下りるなり、大上段からの一刀で斬りつけた。黒い影はバッと身を翻して避けた。

新太郎がさらに斬り込む。鋭い太刀筋から辛《から》くも逃がれた黒い影は、新太郎の刀を鍔元《つばもと》でガッチリと受け、押し戻してきた。鍔迫り合いだ。

離れ際、両者は同時に斬撃を放つ。一閃二閃打ち合って、ふたたび間合いをとった。二間ほどの距離をとって睨み合う。金気《かなけ》の臭いが鼻を突いた。互いの刀身から削り取った鋼が火花となって散り、煙となって漂っている。

ドサリ、と何者かが倒れた。例の老忍である。新太郎たちの斬り合いに挟まれてしまい、全身に刃を、期せずして受けてしまったのだ。

倒れたまま動かない。今度は血潮の臭いが色濃く立ち昇ってきた。

鉄の切粉の臭いと、血の臭いはよく似ている。血の中に含まれる鉄分のせいだろう。

山岡新太郎は斜に身構えて、小癪《こしゃく》に唇を歪めさせた。

「何者や」

答えるはずもない――と思いつつも訊《たず》ねた。

伊賀と並んで闇の世界を制覇していた甲賀衆でさえ、いまやこれほどまでに堕落しているというのに、目の前の忍びの腕はおぞましいほどに鮮烈だ。際立っている。さながら、戦国の世から時を超えてやってきた者のように感じられた。

見れば、まだ二十代の背格好。それがこれほどまでの手練《しゅれん》を積んでいるとはどういうことか。

忍びの技は、生き死にの狭間をくぐり抜けなければ磨かれない。新太郎はその事実を知っている。いったい、目の前に立つこの男は、どこの世界でそれほどの修羅場を経験してきたというのか。

男は覆面で顔を隠している。背丈は六尺ほどもある。この時代には稀に見る長身だ。

――伊賀者とも違う。関東の乱破《らっぱ》とも異なるようや……。

福島正則は広島を領していた。あるいは毛利《もうり》など西国の大大名に仕えた忍びの末であろうか。などと新太郎は考えた。

――どっちゃにしても、倒しておくにしくはない。

互いに生き長らえても良いことなど何もない。ここで息の根をとめておくのが互いのためだ。倒せるときに倒しておく。それが忍びの世界の鉄則だった。

そうと決まれば話は早い。新太郎はいきなりに身を寄せて斬りつけた。このあたり、武芸者の呼吸とはかなり異なる。忍びは即座に敵の命を奪いにかかる。敵に騒がれたりしたらこちらにとっても命取り。その鉄則が身に染みついているからだ。

「やっ！」

甲賀忍びは伝統的に直刃の短い刀を差している。斬るより突くほうが扱いやすい。

一方の敵は、驚くほどの長刀を振りかざしてきた。刃長が二尺六寸はある。二尺二寸から三寸が常寸なので、これほどの長さは長刀に分類される。しかも、反《そ》りが深く撓《しな》っている。鎌倉末期から南北朝期にかけて打たれた刀であろう。この男にはそれだけの豪刀をやすやすと扱う膂力《りょりょく》がある。凄まじい斬撃を繰り出してきた。

風切り音も高速になるほど高音になる。ブンッなどと鈍い音は出さない。ピィーンと甲高い金属音を放つ。男の斬撃は金属音とともに襲いかかってきた。

新太郎は辛くも受けた。先に斬りつけたはずなのに、いつの間にか受け身に回らされている。

それでも、新太郎ほどの手練だからこそ受けられたのであって、余人なら刀ごと腕を切り落とされたに違いなかった。

──なんという糞力や！

新太郎は故意に、刀を手から放した。このまま柄を握っていたら押し込まれて最後には圧《お》し斬りにされる。刃を押しつけられてグイグイと、肉を、血管《ちくだ》を、切り裂かれてしまう。

新太郎の刀がガチャリと落ちた。その瞬間、新太郎は握り拳を敵の顔面めがけて突き出した。

相手は首をひねって避けた。が、拳の一撃がかすっただけで覆面が裂ける。頰にも細い切り傷ができた。

敵は体勢を崩しながらも腰を沈めて踏ん張って二の太刀を放ってきた。新太郎は腕に巻いた小手（グローブ）で受けた。牛革に鉄線を幾重にも埋め込み、漆で堅く固めてある。小手の外側には鉄の薄板も張られている。火花を散らしながら、敵の刀身が腕に沿って流れた。

新太郎はすかさず殴りつける。連打連打の息も継がさぬ攻撃で追い込んだ。

刀は長く、殺傷能力も高いが、本来鉄の棒なので当然に重い。接近しすぎた場合には小回りが利かない。無用の長物と化してしまう。

逆に拳は、近接攻撃においては最も小回りが利くのだ。

「フンッ！　フンッ！」

山岡新太郎は変幻自在に拳を繰り出した。相手は剣の間合いをとろうとするが、みすみす後退を許す新太郎ではない。敵の動きにやすやすとついてゆき、かつ、敵の出足に先回りして追いつめる。敵の内懐に密着したまま離れない。敵がすべきことは、刀を投げ捨てて拳で対処することだが、しかし、新太郎の拳はただの握り拳ではない。恐ろしい凶器が仕込まれている。

新太郎の拳がかするたび、相手の装束が裂けた。

小手の握りには鉄拳（メリケンサックのようなもの）をひそませてある。鉄鋲の飛び出した鉄板でおのれの拳を守りつつ、かつ、打撃に殺人的な威力を与えているのだ。この鉄拳で殴られれば、顎の骨や頬骨など一撃で粉砕される。頭蓋骨を陥没させれば致命傷にもなる。

だがしかし。

山岡新太郎は、次第に焦りを覚えてきた。

これだけの連続打撃技を繰り出しているのに、拳が敵を捉えない。息も継がせずとはこのことで、こっちが根《こん》をつめているのであるから敵も根をつめているはずだ。新太郎が忍びとしての修練を積んでいなければとっくに息切れして一呼吸入れている。敵が武士ならなおさらだ。これほどの密接戦闘では一瞬の息切れが命取りの隙となる。

しかし相手は根も切らさず、新太郎の拳を防ぎつづける。

男の刀は、柄《つか》が恐ろしく長かった。長い柄と鍔元で鉄拳を受け止め、打ち払いした。物打《ものうち》（刀身の先、四分の一ほどの部分）での斬撃にこだわらなければ、新太郎の拳をなんとか防ぐことができるのだ。

――なんという男や！

元和、寛永、偃武も極まる今の世に、これほどの強者が潜んでいたとは。

いずれにせよ、どちらかが精根尽きるまで叩き合うしかない。気力、体力が尽きた瞬間、決着がつく。

と、そのとき。

馬蹄の音も高らかに、一騎の騎馬武者が馳せ参じてきた。

白髯をなびかせた老人だ。白い絹の帷子《かたびら》一枚だけを着《つ》けている。寝所から飛び出してきたそのままの姿だ。小脇には太い長槍を抱えていた。

「下郎！　推参なり！」

老人は手綱を見事に操って馬首を巡らせた。かいこんだ長槍を頭上に掲げ、ブンブンとうなりをあげて車輪に振り回した。

満面に血が昇っている。カッと見開かれた両目は炯々《けいけい》と光り、野生の肉食獣のような凶々《まがまが》しさだ。

――福島正則か！

これはまずい、と、新太郎は直感した。目の前の敵との死闘の最中に賤ヶ岳七本槍の刺突《しとつ》を食らったらひとたまりもない。

退くか、と思ったがしかし、わずかでも間合いを開ければ即座に目の前の男が斬りつけてくる。鉄小手を嵌《は》めているとはいえ刀の間合いで刀を相手にするのは不利だ。

その刹那。

ボンッと爆発音がして眩しい光が広がった。

何が起こったのか、咄嗟《とっさ》には理解できなかったが、敵の二人が動揺した隙を突いて、新太郎は身を翻した。

林の暗がりに飛び込みながら視線を巡らせると、あの老忍が顔を焼いて死んでいるのが見えた。福島正則の到来を知り、もはや逃れられぬところと覚って、携帯の火薬を使って自害したのだ。

だが。いったいどういうつもりであの瞬間まで生き長らえていたのであろう。新太郎の勝利を信じ、かつ、敵を倒した新太郎が自分を担いで逃げてくれると思っていたのか。ところが福島が来たので望みも断たれ、思いあまって自害したのか。

――命惜しみするヤツだ。

昔の甲賀者なら、敵地で重傷を負った時点で思い極め、顔を焼いて自害したであろうに。

――ま、なんにせよ、それで助かった。

新太郎は闇の中を疾走しつづけ、脇目もふらずに福島の領内から脱出した。生還したのは彼一人のみであった。

――それにしても、あの男は何者やろか。

いつか決着をつけねばならぬ時がくるだろう。いずれにせよ、甲賀組の精鋭を急いで再建せねばならない。

二

馬上の老人は馬から降りると、片手に槍を、もう片手には轡《くつわ》を取って、黒装束の男に歩み寄った。正面で膝をつき、頭を下げた。

「差し出がましき振る舞いをいたしました。お許しくだされ」

信十郎は刀を鞘に納め、覆面を脱いだ。

「危ういところでした。助かりました」

すると、老人は「ふふふ」と含み笑いした。

「太閤殿下を思い出しますなぁ。戦場に我らが駆けつけると、殿下の手勢のみにて倒せた相手でも、さも大仰《おおぎょう》に感激なされ、命の恩人でもあるかのように褒《ほ》めたたえてくださったものでござる」

信十郎には返事のしようもない。我が身の振る舞いが生前の父を髣髴《ほうふつ》とさせたとしても、顔すら知らぬ父親だ。なんの思いも湧いてこなかった。

一方の老人は、信十郎を繁々《しげしげ》と見つめ、何度も何度も感慨深そうに頷いた。

「よくぞご立派に御成人あそばした」

目に涙まで溜められて感激されても、これまた返答に困る。

返答に困るどころか、豊臣恩顧の者どもにとって、自分という存在がよほどの大事であると思い知らされ、あらためて身の置き場のなさを感じてしまった。

豊臣恩顧の者どもにとっての期待の星であるとするならば、それはすなわち、徳川にとって、あるいは元和、寛永の偃武にとって、最大の敵であり障害だ、ということになる。豊臣恩顧の者どもがその気になれば、信十郎を神輿に担ぎあげて天下の大乱を策すことができるからだ。

――わしにはそんな重荷は背負えぬ……。

傍らに転がった老忍の死体を見た。自ら顔面を吹き飛ばし、壮絶な自害を遂げた。焦げた肉と白髪から不快な臭いが立ち上っている。

本来なら、孫でも抱いて日向ぼっこでもしている年格好である。

この老忍は戦国の世に生まれ育った人間だから、老人が戦いに駆り出されることに、疑問を感じたりはしなかったのかもしれない。

しかしやはり、こんな老人を死地に追いやらねばならぬのが戦国の世であったのだとしたら、それは二度と、再来させてはならないのだ。

信十郎の感懐をよそに、もう一人の老人が馬を曳《ひ》いて歩み寄ってきた。

「さぁ、お乗りくだされ」

「馬にですか」

昼間ならともかくこの闇だ。自分の足で走ったほうが早いし確実なのだが。

しかし信十郎も、もう、清正《きよまさ》の手元ではしゃぎ回っていた子供ではない。こういうときに自分が遠慮したりすると、周囲がかえって迷惑を被《こうむ》ることを知っていた。

いたしかたなく、無言で馬上の人となる。老人がヤンヤと歓声を張りあげた。

「見事な武者振りでござるぞ！」

信十郎は、この手合いの老人が苦手である。引きつった笑みで会釈を返した。

老人が戦唄《いくさうた》をがなりたてている。「えい、おう、えい、おう」と片手の槍を振りかざし、自分で音頭をとっていた。

信十郎は高井野城の門前に帰り着いた。鬼蜘蛛とキリがやってくる。信十郎は馬から下りた。

「皆、無事か」

信十郎が確かめると、鬼蜘蛛はさも不服そうに下唇を突き出した。

「あったりまえや。あんな未熟者ども、暇つぶしにもならんわ」

甲賀組の手勢が弱すぎたのが不満らしい。もっとも、いつでもどこでも不平不満を託《かこ》っている男なのだが。

キリは無表情な白い貌容《かんばせ》を向けてきた。

「山岡はどうした」

「逃がしてしまった」

「そうか」

「さすがは徳川忍軍、甲賀組の頭領。恐ろしい敵だったぞ」

キリは仄《ほの》かに笑った。

「さもあろう。だが、オレのほうが強い」

伊賀組の頭目としては、そこは譲れないところであるらしい。

鬼蜘蛛がしたり顔で頷いている。

「そうやな。山岡新太郎は逃げた。服部半蔵《はっとりはんぞう》は信十郎を虜《とりこ》にしてしもうた。半蔵の勝ちだ」

信十郎は啞然とした。口をパカッと開いて鬼蜘蛛を見た。

「いつからそんな洒落《しやれ》た物言いをするようになった」

「知らんわ。行くで」

鬼蜘蛛は背を向けて、城内に入った。

本丸御殿――ともいえぬ、寂れた館の濡れ縁を回る。奥の座敷の杉戸の前に老女が膝をついていた。

老女とは、奥女中の敬称であり、実際には妙齢だったりするのだが、この老女は本物の老婆であった。もはや福島家は、若い女中を抱えるつもりもないようだ。

福島正則の長子は父よりも先に死んだ。度重なる不幸に、もはや家を治める気力もなくなってしまったように見える。新規取り立ての若者の姿はなく、老人ばかりの家《か》中《ちゅう》はあまりにも寂しい。

老女は恭《うやうや》しく平伏し、煤けた杉戸を開けた。信十郎は福島正則の寝所に踏み込んだ。

蠟燭《ろうそく》が細い炎を上げている。奥の寝所に敷かれた夜具が、人の形に盛り上がっていた。

――これが。

あの猛将、福島正則その人なのか。

病み衰えて見る影もない。骨と皮ばかりに痩せた身体は、盛時の数分の一にも萎《しぼ》んでしまった。

「殿、真珠郎君《しんじゆろうぎみ》にございまするぞ」

馬上豊かに駆けつけてきて、山岡新太郎をして人違いをさせた老将が、本物の福島正則の枕元に跪《ひざまず》き、耳元で囁いた。

「む、うう……」

福島正則は夜具をはねのけた。老将に肩を支えられながら上体を起こした。

カッと両目を見開いて信十郎を見た。が、瞳は白く濁り、白目は黄ばみ、目尻には脂《やに》がたまっている。果たして本当に、信十郎の姿を捉えているのかもわからない。

それでも、「おう、おう、おう」と、驚くほどの大声をあげた。

幼少の頃より秀吉に従い、戦戈の音も喧《かまびす》しい中で育った男だ。幾多の戦場を生き抜いてきた胆力はまだ衰えてはいないようだ。

「若君様にございまするか」

病身をおして起き上がり、信十郎に上座を譲ろうとした。

「あいや、そのままで」

今、起き上がったりしたら確実に寿命を縮める。信十郎は片手を伸ばして制した。

「しかし、そなた様は太閤殿下の和子様」

「否、加藤《かとう》清正が猶子《ゆうし》にござる。左様お心得くだされ」

「おう、虎之助《とらのすけ》か……」

虎之助とは加藤清正の幼名である。福島正則と加藤清正は幼なじみでもあった。

福島は唇をへの字に押し曲げ、顔をクシャクシャにさせると、突然、大粒の涙を零《こぼ》した。

「思いがけず、昔のことを思い出させてくださるものよ。……太閤殿下も、虎之助も、弥兵衛《やへえ》も、佐吉《さきち》も、皆、わしより先に逝《い》ってしもうた。生きておるのは我が身ばかりじゃ……」

弥兵衛とは浅野長政《あさのながまさ》の幼名、佐吉は石田三成《いしだみつなり》の幼名だ。皆々、元服する前から小姓として、秀吉の身近に仕えた仲間である。

「もっとも、佐吉を殺したのは、わしの手柄なのだがな」

信十郎は、「左衛門大夫殿も老いたな」と感じた。

数年前の福島正則は、昔話の繰り言など、けっして吐かぬ男であったし、まして人前で涙を流したりはしなかった。老いることの無残さを如実に感じさせていた。

老将が福島正則を元気づけようと思ったのか、その痩せ衰えた肩を揺さぶった。

「お喜びくだされ、殿！　曲者どもは皆、真珠郎君が退《しりぞ》けなさいましたぞ！　その勇姿たるや――、殿にも是非、お見せいたしたかった」

福島は袖で涙を拭いながら、「ウンウン」と頷いた。

「わしがもうすこし若かったなら、ともに槍を掲げて疾駆いたしたものを」

さらにもうすこし若かったら、信十郎を旗頭に、天下を覆す大戦を仕掛けたかもしれない。

「曲者どものことでござるが」

信十郎は言葉を改めた。

「なにゆえ、徳川の忍びが、左衛門大夫殿の命を縮めんと謀りましたものか」

福島正則は豊臣恩顧の猛将だったとはいえ、今や二万石の小大名で老残の身だ。ますます磐石《ばんじゃく》になりゆく徳川政権にとって、今すぐ潰さねばならぬような敵ではない。

すると。

たった今までヨボヨボの年寄の風情だった正則が、突然に両目を見開き、その双眸を妖しく光らせた。

「悪わやくがバレたのでありましょうな」

悪わやくとは尾張弁で悪ふざけ、悪戯《いたずら》の意味である。そう言って口元をニヤリと歪めさせた。

「どんなわやくをしたのです」

「キリシタンどものことでござるよ」

信十郎は暗澹《あんたん》とした。あの噂はやはり、本当のことだったのか。

この年、キリシタン武士たちが宗教一揆を起こそうとした——という噂が信憑性をもって囁かれていた。

その首謀者が誰なのか、徳川忍軍が総出になって探っているにもかかわらず、いまだに摑めてはいない。まさか大御所秀忠の正室、お江与《えよ》の策謀だったとは、夢にも思わぬであろうから当然だ。

キリシタン勢が旗揚げした際に、主将として担ぎ上げられる予定だったのが、この福島正則であった——という。

福島正則はキリシタンに融和的な男であった。イエズス会の修道士、ヴィセンテが本国に送った報告書には、『日本で最も残忍な領主であった福島正則は、わたしの説教を聞いてキリスト教の教化を受け、仁愛に目覚めた』などと書き記されている。

ヴィセンテ本人の自己宣伝も入っているではあろうが、清洲、広島の領主時代に福島正則がキリスト教を保護していたのは事実である。

福島正則は関ヶ原の合戦では、東軍の主力となって大活躍した猛将だ。戦場に遅刻してきた秀忠などとは比較にもならない戦上手である。代替わりして官僚化した徳川の家臣団では太刀打ちできるはずもない。伊達政宗《だてまさむね》や藤堂高虎《とうどうたかとら》など戦国武将の生き残りであれば、どうにか太刀打ちできるであろうが、彼らもまた、徳川家にとっては油断のならない外様大名だ。戦況次第ではどちらに転ぶかわからない。

——なぜ、そのような暴挙を。

信十郎は臍《ほぞ》を噛む思いだ。福島正則は老い先も短い病身。自分でも自覚しているはずだ。それなのになぜ、乾坤一擲《けんこんいってき》、天下騒乱の大博打など打たねばならぬのか。

福島正則は両目を炯々と光らせている。戦の話をするだけで猛々《たけだけ》しい胆力を取り戻している。これが戦国武将の本質なのか。

まさに猛虎である。若く、お人好しで頼りない家光に代替わりさせるにあたって、この猛将を潰しておいた秀忠には、それなりの先見の明があった、と言わざるをえない気もしてくる。こんな男が広島五十余万石の兵を挙げたら、家光では絶対に勝てないからだ。しかも。

——そのときにはこの俺が、豊臣恩顧の大名たちの旗印にされていたのかもしれないのだ……。

無用の戦に加担させられ、日本を戦国時代に引き戻す役割をさせられていたのかもしれなかった、と思うと、信十郎はおぞましさに身を震わせずにはいられない。

「しかし」

その正則が言った。

「もはやイスパニアも海の向こうに去り申した。これにて我がこと終われり。……でござるよ」

この年の三月、イスパニアと徳川幕府はついに手切れとなり、国交を断絶した。イスパニアはフィリピンにまで後退し、日本国内の商館を閉鎖した。

失敗に終わったことには拘泥《こうでい》しない、という性格は、優秀な武将や博打打ちにとって必須の資質である。福島正則はむしろ、サバサバとしている。

「いささか時機が早すぎ申した。徳川家には、まだ運があったということにござろうか。あと数年ののちであれば、キリシタンどもの一揆も面白いことになったでありましょうに」

「それは、なにゆえでしょう」

福島正則は、「ふふふ」と不敵に含み笑いした。

「あと数年もすれば徳川家は、忠長《ただなが》を巡って大戦《おおいくさ》となりましょう。将軍となった家光とのあいだで、兄弟骨肉の争いが勃発するのでござるよ」

家光と忠長の仲の悪さは信十郎もよく知っている。「なんとかしてくれ」と彼らの父である秀忠から頼まれてもいる。しかしだからと言って、いきなりの大戦とはならないようにも思える。

「左衛門大夫殿がそう仰《おつしや》るからには、なんぞ、確証がございまするのか」

「あり申すぞ」

福島正則の目がまたしても、鋭く光った。

「秀忠は、忠長に駿河を与えるつもりでござろう」

「甲府中納言様に、駿河領を」

「左様。最初から秀忠は、そのつもりであったのでござるよ。我らが広島を追われたのも、元はといえば、このため」

「どういうことでしょう」

「駿河国には秀忠の弟、頼宣《よりのぶ》があり申した。しかし秀忠は、どうでも駿河を次子の忠長に与えたい。駿河の国を空けるため、頼宣を遠くに追っ払う必要があった。目をつけたのは浅野長晟《あさのながあきら》が治めておった紀伊和歌山でござるよ。じゃが、頼宣を和歌山に移させるには、浅野をどこかに追いやらねばならぬ。かくして目を着けられたのが、わしの治めておった安芸広島――というわけでござるのじゃ」

駿河の頼宣旧領と、紀伊、安芸は、それぞれ五十万石程度で拮抗《きっこう》している。国替えをするのにちょうどよい案配だったのだ、と、福島は説明した。

「しかしこれは無理でござるよ。無理に無理を重ねておるから、あちこちに軋《きし》みが出てきておるのでござる」

自分もその軋みの一つであり、腹に据えかねたからキリシタン一揆に加担しようとしたのであろうに、他人事《ひとごと》のように福島は語った。

「家光の身になって考えてみられよ。江戸に繋がる四つの街道のうち、甲州街道と東海道を忠長に押さえられるのでござる。奥州街道は伊達家などの敵地に繋がっておるゆえ逃げ道としては使えぬ。もし忠長めが西国の外様大名どもと手を組んで、江戸を攻めよう、などとしたら、家光は袋の鼠で逃げ道もない」

「忠長殿を担ぎ上げて、徳川に戦を仕掛ける者が出てくる……と、そうお考えなのですか」

「わしならば、そういたす」

と言ってから福島はハッと顔色を変えて、おもねるような目つきになって付け足した。

「むろん、その折には、真珠郎君に大将軍を務めていただきまするぞ」

信十郎が『なんだ、左衛門大夫はこのわしではなく、忠長を大将に担いで戦をするのか』などと、不貞腐《ふてくさ》れないか心配したのであろうが、それは無用の配慮だ。

「しかし、その日が来るまでこのわしの身が持つかどうか」

老衰と病気の進行を自覚しているのだろう、猛々しいこの男にしては珍しく、寂しげな表情を見せた。

信十郎としては、いつまでも元気でいて欲しいような、早く死んで欲しいような、複雑な心境である。ますますもって、福島を無理やり改易させた秀忠の胸中が偲ばれてきた。

「ときに真珠郎君、近頃、高台院《こうだいいん》様をお訪ねなされたか」

高台院とは、豊臣秀吉の未亡人、おねのことである。秀吉の死後、仏門に入り、朝廷より高台院の院号を下賜された。今は京都東山に自らが建てた寺、高台寺にて隠棲している。

秀忠の母、宝台院と院号が似ているが、当然、別人である。

「いいえ。しばらくご無沙汰にござる」

「それはいかんな。高台院様は寂しがり屋でいらっしゃる。是非ともお顔を見せにお行きなされ。ついでにこのわしのありさまなど、笑い話代わりに伝えてくだされよ」

本当なら、自ら訪問したいのであろうがこの病身、さらに言えば福島は、実質的にこの地に配流されたも同然で、幕府の許しもなく上洛することはできない。そして幕府が上洛の許しを与えるはずもなかったのだ。

「是非とも、そういたしましょう」

信十郎は答え、この老将の前から下がった。

館を出ると鬼蜘蛛が待ち構えていた。

「どうやった」

信十郎は力なく首を横に振った。

「長いことはあるまい」

「そか。せっかく曲者から守ってやったのやが。遅かれ早かれ逝ってまうか」

いつもながら鬼蜘蛛は口が悪い。

「ま、いずれ勝手に死んでしまうのが、人というもんや。しゃあない」

信十郎は、別の思いで胸を満たしている。

――甲府中納言忠長殿を巡って、またしても、一波瀾起こるのか……。

戦にかけては天才的な洞察力を持つ福島正則がそう見立てたのだ。おそらくは、そのように推移してしまうのであろう。

二人は、庄屋屋敷のそれより慎ましい門を抜けると、あとも振り返らずに走った。

この年の七月、福島正則は死去した。幕府には病死として届けられたのだが、検視の者が来るより先に火葬された。切腹を隠すためであったという。

第二章　忠長、駿河へ

一

秀忠は江戸城の西ノ丸、奥御殿にいた。

奥の御座所で、恐妻のお江与からさんざんに責めたてられている。

「なにゆえ忠長ではなく、家光なのでございまするか！」

耳をつんざく絶叫だ。顔つきが尋常ではない。「忠長こそ次期将軍に相応しい器《うつわ》だったのだ」と、柳眉を逆立て、目尻を吊り上げて絶叫しつづけている。

今さら、何を言っても無駄である。

徳川家の旗本たちも、全国の大名も、京の朝廷も帝も、皆、家光が将軍職を継承することで納得している。

否、納得していない者は大勢いるであろうが、少なくとも、そういう流れになったことは、不承不承でも受け入れている。

帝みずからの宣旨《せんじ》によって将軍職が下されたのだ。『綸言汗《りんげん》のごとし』である。帝が決定した事項を引っ込めることはできない。汗を体内に戻すことができないのと同様に、それは不可能なのである。

そんな常識は、頭では、お江与とて理解している。ようするに愚痴なのだ。埒《らち》もない繰り言を延々と漏らしているだけなのだ。不甲斐ない（とお江与が思っている）夫に対する、精神的な嫌がらせなのである。

だが、その繰り言が絶叫なのであるから、聞かされているほうはたまらない。秀忠ほどの人徳者であるから堪えているが、これが信長のような男であれば、お江与の首は即座に座敷に転がっていたはずだ。

もっともお江与とすれば、秀忠のこの辛抱強さと鉄面皮がたまらなく不快なのだ。いっそのこと抜き打ちに斬り捨ててもらったほうが、まだしも清々とする――と思っている。

何を考えているのかまったくわからぬ無表情で、のらりくらりと生返事《なまへんじ》をする。それでいて、腹の中には何か得体の知れないものを抱え込んでいて、その『何か』は梃《て》子《こ》でも動かない。

――ああ、家康にそっくりだ！

お江与は嫌悪に狂いそうになる。

家康は、長子の信康《のぶやす》を切腹させ、次子の秀康《ひでやす》を豊臣秀吉へ養子に出した。さらには六男の忠輝《ただてる》を改易させて幽閉した。

およそ、人の親には為しえぬ所業ばかりである。おそらく家康は、今の秀忠のように陰気な顔つきで、容赦なく我が子を捨てたのに違いなかった。

と、そこまで勝手な想像を巡らせて、お江与はハッと顔色を変えた。

――た、忠長も……！

捨てられるのではないか。

家康が我が身の都合のために子を捨てたように、この家康似の青瓢箪《あおびょうたん》は、おのれの都合で忠長を捨てるのではあるまいか。

お江与は、たった今まで激怒していたのに、今度は一転、絶望のどん底に叩き落とされた。

お江与の感情の起伏の激しさと、極端から極端に突っ走る異様さは、案外、忠長よりも家光に遺伝された人格ではないかと思われるが、それはさておき、お江与は秀忠の前に座り直してその手を取り、きつく握った。

「忠長を、どうなさるおつもりですか」

「どうする、とは？」

秀忠は、不思議な生き物を見るような目で、妻のお江与を見つめた。

忠長にはすでに甲府二十万石を与えてある。尾張の徳川義直《よしなお》、紀伊の徳川頼宣《よりのぶ》、水戸の松平頼房《よりふさ》（この当時、まだ水戸家は徳川姓を許されていない）などと並んで、親藩の重鎮としての地位を築いていた。

お江与は、頭のどこか異常な部分で、忠長は将軍になるものだと信じ込んでいた。であるから、忠長の身分が宙ぶらりんになったように錯覚しているのだが、そのようなことはまったくない。

しかし、ほんとうに異常な人間というものは、自分の異常さにまったく気づいていないものである。自分だけが正しくて、世の中は全部、何もかもが間違っている、などと信じ込んでいたりする。

お江与は、急に涙を流しはじめた。

「忠長が……、哀れにございまする……」

泣き崩れた妻を、秀忠は、心底から哀れむように見つめた。

お江与は不幸な女である。ある意味、これほど不幸な女はほかにいないのではないか、と思わせるような半生であった。

——なんとかしてやらねばなるまいな……。

と、秀忠は、無表情な顔つきのまま、思った。

この感受性の豊かさと心根の優しさが秀忠の美点であり、欠点でもある。天下を統《す》べる政治家としては、むしろ、冷酷に徹したほうが良い結果を生むことが多い。

この優しさゆえに秀忠は、痛恨の過ちを犯そうとしている。次子、忠長の処遇がそれだ。秀忠自身も、お江与に言われるまでもなく、我が子忠長の行く末を案じていた。そのための布石も、すでに四年前に打ってあった。

「実はな……」

秀忠はお江与に、幼子に言い聞かせるような口ぶりで言い聞かせた。

「忠長には、駿府の、大御所様の旧領を授けようと思うておるのじゃ」

この構想を他人に告げたのは、これが初めてのことである。お江与は、訝《いぶか》しげに顔を上げて、おのれの夫を見つめた。

秀忠の言う『大御所』とは、自分自身ではなく、徳川家康のことである。

家康はその晩年、将軍職を秀忠に譲ると同時に駿府に居を構え、大御所政治を展開しはじめた。

膝下《しっか》には、本多正純《ほんだまさずみ》をはじめとする吏僚集団と、天領の惣代官にして金山奉行の大久保長安《おおくぼながやす》、儒臣・林羅山《はやしらざん》、政商・茶屋四郎二郎《ちゃやしろうじろう》、外交顧問にはウィリアム・アダムスなど、多種多彩な異能者を抱え込んでいた。

家康の活動を支えたのは駿河の豊かな実りである。石高は三十万石。海の幸、山の幸にも恵まれている。

さらには東海道を扼し、江戸と畿内を繋《つな》ぐ流通を押さえている。

まさに金城湯池《きんじょうとうち》、日本一の富国と呼んで過言ではない。

家康の死後、この地は、家康が最も愛した息子である頼宣に譲られたのだが、秀忠は、元和五年（一六一九）、頼宣を紀州に移し、旧大御所領を我がものとした。

秀忠にとって駿府は複雑な感情の入り交じる土地である。おのれの隠居領とすることも考えたが、それは考え直し、我が子忠長への贈り物とすることにした。

旧大御所領であれば、我が儘な忠長も満足するであろう。駿府は徳川家にとっては『聖地』である。お江与の機嫌も直るに違いない。

さらに言えば、対外的な政治効果も抜群だ。

新たに駿河徳川家を創設することで、徳川一族の厚みはさらに増し、今よりもさらに外様大名や朝廷への睨みが効くようになる。かくして徳川の世は磐石となる。

秀忠は無邪気にも、そう考えていた。


秀忠の口から漏れたこの構想は、たちまちのうちに江戸城内に知れ渡った。嬉々として お江与が吹聴《ふいちょう》しまくったからである。

将軍家と秀忠の一挙手一投足は、日本じゅう、すべての階層の人々によって監視されている。

翌日には江戸市中に、そして日をおかずして日本国じゅうに広がった。

二

「駿府の大御所様旧領を、甲府中納言様に与えるだと?」

土井大炊頭利勝《どいおおいのかみとしかつ》が特徴的な巨眼をギョロリと剝いた。ふくよかに垂れ下がった頰袋が過度の困惑に震えている。

飯田橋御門を入ってすぐの所に土井利勝の屋敷はある。利勝の前には土井家の家士がぬかづいていた。

「ハハッ、大御所様、直々の御下命にございまする」

利勝の言う『大御所様』とは家康のこと。家士の言う『大御所様』は秀忠のことだ。代替わりしたばかりで意識の切り替えが進んでいない。

それはさておき利勝は、この男にしては滅多にないことに動揺し、宙に視線を彷徨《さまよ》わせてしまった。

——それはまずい。

さまざまな問題が頭の中に浮かび上がってくる。理知的な智嚢は大車輪に回転しているが、その回転のたびにボロボロと、恐ろしい政治問題が転がり落ちてきた。

まず第一に、忠長の存在があまりにも巨大になってしまう、という懸念《けねん》があった。

「石高は、すでに有している甲斐《かい》の二十万と合わせて五十万を優に超えよう……」

いうまでもなく忠長は、新将軍家光にとって、最大の政敵である。

利勝は冷徹な政治家である。兄弟の情など信用しない。むしろ、血統が近いことこそが脅威なのだと思っている。

「将軍職を簒奪《さんだつ》してやろう」などと大それたことを目論《もくろ》む野心家が現われたとしても、そんな無謀はそう簡単に成就するものではない。明智光秀《あけちみつひで》がいい例だ。人々は、大義名分の立たない謀叛には嫌悪感しか示さない。

——天下を簒奪するのには名目が必要だ。

利勝はそう思っている。

そして、家光に取って代わろうとした場合、第一に名目が立つのは忠長なのだ。

——そんな男に、むざむざと五十万石も渡すとは……。

今、駿府の旧大御所領は徳川宗家の直轄地になっている。その地を忠長に分け与えるのは、そのぶんだけ家光の財力、軍事動員力を減らすのと同じことだ。

しかも、減ったぶんは、そのまま政敵の忠長に与えられるのだ。

敵に塩を送るだけならまだしも、兵糧と兵力まで送ってどうする気か。

利勝は、格別、家光に忠誠を誓っているわけでも、親愛の情を感じているわけでもない。利勝が思い悩んでいるのは、ただただ徳川の世の安寧《あんねい》についてである。

家光が将軍となったからには、家光を担いでやっていくしかない。利勝は『大人』である。家光が好きだとか嫌いだとか、そんなことはまったく念頭にない。

徳川の世を護る、ということと、家光を護る、ということは同義だ。であるから、家光の敵は、早々に潰すか、骨抜きにするしかない。

「さらに言えば、紀州の小僧だ」

頼宣は旧大御所領のかつての領主である。それをなだめすかし、半ば欺《あざむ》くようにして、紀州に移封させたのである。

徳川の人間にとって駿府は聖地である。その地を奪われた悔しさを、頼宣はけっして忘れてはおるまい。

それでも駿府が将軍の直轄地であれば、まだしも辛抱はするであろう。家光が駿府を手中にするのであれば、諦めもつく。

しかし忠長ではそうはいかない。

頼宣という男は、おのれが『家康の子』であることを最大の誇りとしている。一方、忠長は家康の孫だ。頼宣の目から見れば、格下なのである。

「あの頼宣のことだ。何をしでかすか知れたものではない……」

ひと波瀾起こることは避けられないだろう。

できることなら、この案件は撤回させたい。

しかし。秀忠がすでに決定し、発表したことだ。今さら撤回させるわけにはいかない。朝令暮改は最も慎むべきものだ。将軍家の権威に傷がつく。

――この始末、いかにつける……。

利勝は暗澹《あんたん》として、天井を見上げた。

越前松平家と本多正純を倒し、ようよう一息ついたと思ったら、このありさま。いったいいつになれば徳川の世は固まるのか。いささかウンザリとしてきた。

三

紀伊国。和歌山城――。

白壁の櫓の向こうに青空が広がっている。入道雲がもくもくと膨れ上がっていた。

さすがに紀州は南国である。江戸はすでに秋の気配が濃厚だが、こちらはまだまだ夏の温気《うんき》に包まれている。

和歌山城は虎伏山《とらふすやま》の上にある。文字どおり、虎の伏せたような山容で二つの山瘤が盛り上がっており、西側の瘤に天守曲輪《くるわ》、東の瘤に本丸御殿が建てられていた。

「なんじゃと!?」

本丸御殿の大広間で、紀伊徳川家藩主、頼宣が、怒声を張りあげた。

「文にも武にもない甲府中納言めが、亡きお父上の駿府を領有すると申すかッ!」

徳川家の者は家康を『東照神君様』と呼び習わすのが常であったが、頼宣は自分が家康の子であることをひけらかすかのように、『お父上』と呼びつづけている。

「ぬうッ！」

歯をギリギリと嚙み鳴らし、足音も高く床を踏みならして窓辺に寄ると、江戸の方向、東の空を睨みつけた。まさに、土井利勝が危惧したとおりの様相だ。

頼宣は慶長七年（一六〇二）三月七日生まれで、このとき満二十二歳。

官位は正三位権中納言。

甥の忠長は十八歳で従三位権中納言。同じ権中納言ではあるが、かろうじて、半階級ぶんだけ位が上まわっている。

しかし、このリードもいつまでつづくかわからない。秀忠の後押しによって忠長が猛追をしている最中だ。

このあたりの扱いも、自尊心過剰な頼宣を赫怒《かくど》させる一因なのだが、とにもかくにも正三位といえば立派な殿上人《てんじょうびと》である。しかし公家らしい脆弱《ぜいじゃく》さ、あるいはたおやかさは、まったく感じられない。

よく日焼けした精悍な顔つきと、鍛えられた体軀の持ち主である。色白でふくよかで、狸顔の父、家康にはまったく似ていない。性格も果断で豪気、陽性で、これまた、慎重で陰気、粘着質な父親とは正反対だった。

本丸御殿の下座には附家老の安藤直重《あんどうなおしげ》が控えている。陰鬱な顔つきで、豪気に過ぎる主君を見上げていた。

附家老というのは、江戸の幕府から親藩に付けられた家老であると同時に、お目付役でもある。監視役だ。

家老として藩政を預かると同時に、藩主を督励し、将軍家にとって不都合な行ないのないように監視する。一種の公儀隠密のようなものだ。附家老の〝附〟は目付の略ではないか、という学説すらある。

いったいこの身分は、将軍の直臣なのか、それとも地方大名家の家臣なのか、はっきりしない。

安藤直重は、弘治元年（一五五五）生まれ（諸説あり）で、この年六十九歳。幼少の頃より家康の側近くに仕えてきた。

姉川や長篠の合戦に旗本（家康本隊の将兵）として参戦したほどであるから、この頃の徳川家臣としては最古参であろう。

官位は従五位下《じゅごいげ》、帯刀先生《たてわきせんじょう》。叙任は天正十六年（一五八八）とかなり早い。

天正十六年は、秀吉が小田原の北条家を征伐しようと画策していた年だ。

秀吉は、北条家と親密な徳川家が、間違っても北条側に与《くみ》することのないように計らっていた。家康本人はもちろん、徳川家の重だった家臣にまで官位をばらまいてご機嫌を取っていたのだ。

　そんな秀吉の政治工作の標的にされたほどであるから、その当時から徳川家中で確固たる地位と名声を築いていたことが窺える。

　で、問題はこれからである。

　家康の晩年、駿府に大御所政権が作られた際、安藤帯刀は家康に従い、駿府年寄となった。家康政権の〝老中〟であり、同じ年寄に本多正純がいた、と聞けば、その権力の大きさが偲ばれる。成瀬《なるせ》隼人正《はやとのかみ》正成《まさなり》もまた、同僚であった。

　この時期は、家康が天下の政権を担い、一方、江戸の秀忠は徳川領の殿様でしかなかったのであるから、実質的に安藤は、天下の老中だったわけである。

　と、それほどの男である。

　そんな男が――本来なら江戸の幕府の中核を占めていてもおかしくない男が、紀州徳川家の家老につけられている。和歌山などという僻地に飛ばされて、我が儘な若君のお守《も》りをさせられていた。

「殿、ご短慮はなりませぬぞ」

安藤帯刀は皺面を上げ、鋭い眼光で睨《ね》め上げた。

「む……」

怒りに任せて吊り上がっていた頼宣の目つきに、わずかな逡《しゅん》巡《じゅん》が浮かんだ。

この老臣に対しては、さすがの頼宣でも遠慮がある。敬愛する父、家康の側近だった男で、頼宣にとっても実の父親同然に親しい間柄であった。

「わかっておる――と言いたいところじゃが、爺《じい》、わしはまだ何も申しておらぬぞ」

江戸への憎しみをまくし立てようとしていたのは事実だが、しかし、悪口雑言《あっこうぞうごん》を口に出す前から諫言《かんげん》されたのではたまらない。

帯刀は『何も言わずともわかっておりますわい』という顔をした。

「我が紀伊徳川家は、西国の荒大名どもを抑える漬物石でござる。我らが将軍家に背《そむ》けば、外様の大名どもは、これ幸いとばかりに打倒徳川に動きだしましょうぞ。東照神君様がお開きになった幕府の安寧は、これ、紀伊中納言家の働きにかかっておるのでござりまする。このこと、別してお忘れくださりまするな」

「わかっておると申したら、わかっておるわ」

不貞腐れた態度で座所に戻ると、虎の敷物の上にドッカと腰を落とした。

「しかしのう。わしが和歌山に移って四年。西国大名どもは汲々として江戸の顔色を窺うばかりじゃ。むしろ、騒擾《そうじょう》の気配は江戸より漂ってまいるようじゃがのう?」

安藤帯刀の目が光った。

さすがに家康が嘱望した男子である。我が儘勝手な若輩の癖に、見るべきところはしっかりと見ている。鋭いうえに油断がならない。

「つまりはそれ。江戸で騒擾が起こりましょうとも、西国大名どもがおとなしゅういたしおるは、この紀州徳川家五十五万石が睨みを利かせておるからでございまする」

とりあえず話題を元に戻した。

「ふむ……」

「参勤の大名どもが旅の途上、この和歌山に使者を送って挨拶いたすは、紀伊中納言様を恐れ憚《はばか》る心持ちからに相違ございませぬ。それに……」

クドクドとお経のようにお為ごかしを言い聞かせつづけていると、頼宣はまんざらでもなさそうに口元を緩めさせた。

安藤帯刀は険しい皺面を崩さぬまま、内心では、ホッと安堵の吐息をもらした。

孫と祖父ほどにも歳の離れた君臣である。英雄人傑の素質があろうと、苦労知らずに育ち、人格には厚みも重みも足りない若君だ。世馴れた老臣の手にかかれば、掌で転がされるがごときものであった。

のだが、頼宣は、視線を外に向けながら、涼しい口調でつづけた。

「ううむ……。せめてあと五十万石、合わせて百万石あれば、西国どころか日本全土に睨みを利かせてくれるのだがのう……」

聞きようによっては将軍にとって代わろうか、という宣言である。謀叛と決めつけられても抗弁しがたい。

「殿！」

帯刀は鋭い声で一喝した。

頼宣はニヤニヤと薄ら笑いを浮かべた。

「戯《ざ》れ言《ごと》じゃ。そうカッカといたすな。興奮は身の毒じゃぞ」

などと軽口を叩いているが、どこまでが冗談かはわからない。まんざら戯れ言でもあるまい。

――こういう無邪気さが恐ろしいのだ……。

無邪気に欲望を膨らませ、無邪気にポロッと口に出す。これが柳営《りゅうえい》（幕府）にまで聞こえたらどうなるのか。

さらに言えば、無邪気に兵など挙げられたらたまらない。この日本国は戦乱の世に逆戻りだ。

安藤帯刀は密かに溜め息を漏らした。

元和五年に秀忠は、頼宣をまんまと口車に乗せて和歌山へ移封せしめたのだが、このときの口実からも、頼宣の性格が明瞭に読み取れる。

『西国から進軍してくる外様大名を迎撃し、かつ、京の帝をお護りできるのは和歌山の要害をおいてほかになく、かつ、その任に当たれるのは徳川家に親族多しといえども、頼宣をおいてほかにはない』

というのである。

秀忠と頼宣は兄弟ではあるが、二十三歳もの年齢差がある。親と子ほどにも歳が離れているうえに、秀忠は苦労人だ。凡人なのに英雄の父と同じように天下を統治することを義務づけられた男である。苦労の格が違う。

まんまと煽《おだ》て上げられた十七歳の頼宣は、勇躍、和歌山に赴《おもむ》いたのであるが、その途上、紀伊国のあまりの山深さに辟易として、次第にご機嫌が斜めになってきた。

旧領の駿府は家康が手塩にかけた大邑である。日本でも有数の先進地帯だ。それに比べれば紀伊の国は、あまりにも山深くて、かつ、貧しい土地柄であった。

頼宣の不機嫌を見て取った安藤帯刀は、すかさず馬を寄せ、

「この山、この谷こそ、頼もしき天然の要害でござる。西国大名どもが攻め寄せてまいったなら、この山中に引きずり込み、さんざんに迷わせて討ち取りましょう。今から武者震いがいたしまする」

とかなんとか言上《ごんじょう》したら、たちまち機嫌が直り、笠置山に籠城した（大和国は峰つづきの隣国である）楠 正成《くすのきまさしげ》の故事など思い返して悦に耽《ふけ》った、というのである。

単純といえば単純な性格なのだが、この豪気は武将として珍重すべきものである。生まれてくる時期を間違えたとしか言いようのない、季節外れの麒麟児《きりんじ》だ。

もっとも。この単純かつ勇猛な性格も、幕閣や老臣たちに手懐《なづ》けられているうちはいいが、外に向かって暴発したときには恐ろしい。脇目もふらずに猪突猛進する質《たち》である。

それがわかっているからこそ、秀忠は頼宣を紀州に封じたのだ。

紀州の深い山々は、西国大名ではなく、頼宣を閉じ込めるために必要な要害だったのである。

安藤帯刀が御前を下がると、頼宣はうってかわって快活に立ち上がり、「鉄砲の稽

古じゃ」と一声叫んでドスドスと、足音も高く御座所を出た。

太刀持ちの小姓があとにつづく。別の小姓が腰を屈めて走り出て、炮術指南役を呼びに向かった。

頼宣の行動は常に迅速である。脇目もふらず、本丸御殿石垣下の南ノ丸へ突っ走る。小姓は先回りをして炮術指南役を呼び、南ノ丸の的山《あずち》で射撃の用意を整えなければならない。

わずかでも遅れれば、

「今このときに西国大名どもが攻め寄せてまいったならばなんとする」

と、怒声を浴びせられることとなる。

我が儘勝手で鼻持ちならない若殿なのだが、しかし、家臣たちからは熱烈に敬愛されている。頼宣という若者は、夏の太陽のごとき、強烈な清々《すがすが》しさを常に放散させているからだ。罵声や叱声すら、真夏に驟雨《しゅうう》を浴びたような心地好さを感じさせてしまうのである。

これは一種の人徳であろう。持って生まれた何かだ。

この何かがあるがゆえに、頼宣は人を惹きつける。そして同じ理由で人を警戒させてしまう。秀忠や幕閣たちが、和歌山へ島流しにしたのは、やはり頼宣の気質が原因なのである。

頼宣は盛んに鉄砲を撃ち放つ。

初秋の澄んだ空の下、轟音とともに硝煙が噴き上がる。土壇に並んだ的が木っ端微塵に砕け散った。

「次！」

目は的山に向けたまま、撃ち終わった鉄砲を無造作に突き出した。『弾籠め役』と呼ばれる者がすかさず受け取って、弾の籠められた別の鉄砲と交換した。

頼宣は狙いをつけるでもなく構えると、コトリと引き金を落とした。狙い違《たが》わず的の正鵠《せいこく》（中心の黒点）を撃ち抜いた。

「次！」

南国の陽差しに額をジリジリと焼かれながら、頼宣は鉄砲を放ちつづける。

頼宣が射撃するさまを、炮術指南役、橋本常　久《はしもとじょうきゅう》が見守っている。

常久は四十代、中肉中背、丸顔の中年男で、やけに艶やかな黒髪を切禿《きりかむろ》（肩の下あたりまで伸ばしたオカッパ頭）にしている。小袖に陣羽織、裁着《たっつ》け袴、紀州徳川家・炮術指南役に相応しい威儀を整えてはいるが、この髪形は異様であった。

実はこの常久、半僧半俗、武士でありながら僧侶でもあるのだ。新義真言宗・根来寺の僧兵あがりなのである。

根来寺の僧兵は、戦国末期、優秀な鉄砲傭兵として世に知られた。

この種の独立勢力の常として『技術は売るが、心は売らない』を標榜していた。どこかの大名家に仕え、忠誠を誓うなど真っ平なのだ。

権力者側から見れば『まつろわぬ者』である。金さえ払えば敵にも味方にもなるという、信用ならない集団だ。

ついに、秀吉の討伐を受けることとなる。根来寺は全山焼き討ちにされ（失火説や根来寺側の放火という説もある）根来衆は散り散りになって逃れた。

その根来衆を匿《かくま》ったのが家康だ。

助けられた恩義もあり、根来鉄砲傭兵軍団は家康の旗本になったのだが、その折に『僧侶としての身分は捨てないし、将軍の権威を以てしても奪うことは許さない』という条件をつけた。

家康は承諾し、ここに、僧侶でありながら武士という、不思議な戦闘集団が誕生した。

根来衆は将軍家の鉄砲組となり、一部は成瀬隼人正に配属されて尾張徳川家の家臣となった。

さらに一部は本貫地の紀州に帰還して、紀州徳川家の家臣に組み込まれたのである。紀州家での役職は鉄砲組と炮術指南、そして『弾籠め役』である。弾籠め役は頼宣の鉄砲に弾を籠めるのが仕事だ。

火薬というものは硝石と炭と硫黄を調合して作るのだが、その時々の天候や湿度によって配合を変える必要がある。頼宣が常に最適の状態で発砲できるように努めるのが、弾籠め役の役目であった。

根来衆は鉄砲の技術を生かして、頼宣の身近に仕えている。

だが、かつては傭兵として全国を股にかけた道々《みちみち》外生人《げしょうにん》たちが、ただの単なる鉄砲係として頼宣に仕えていたはずがない。

「お見事にございまする」

橋本常久が恭《うやうや》しく低頭した。

頼宣は逞しく日焼けした顔を破顔させると、

「さもあろう」

真っ白な歯を見せて笑った。

常久はチラリと目を上げ、頼宣の視線を真っ正面から受け止めた。

「しかし……、撃ち放っているあいだ、お疲れからでございましょうか、右腕の肘が張っておわしまする」

「左様か？　肘が下がらぬように、と、心しておったのだが」

「そのように一つ事に心を囚《とら》われることがよろしゅうございませぬ。常に、融通無碍《ゆうづうむげ》に、遊ばせるがごときご心境にて、的にお向かいくだされませ」

「ふぅむ。……そちの申し様、なにやら昨今、禅宗坊主に似てまいったな。わしは坊主は好かんぞ」

「これはしたり。この常久めも、真言の僧侶の端くれ」

「ああ、そうであった。許せ」

少しも悪びれた様子もなく、頼宣は大笑した。常久は、困り顔の苦笑いで、この愛すべき若殿を見上げている。

和《なご》やかな師弟のやりとりを、庭の隅に腰を屈めた小姓が見守っている。

頼宣は口元に笑みを含んで、炮術談義を交わしながら、

「甲府中納言が転封のこと、聞いたか」

と、忍び音声《おんじょう》で訊ねた。

橋本常久も、鉄砲について説明するふうを装いつつ、

「聞き及んでおりまする」

と、忍び音声で答えた。

忍び特有の声使いで、余人の耳には届かない。

紀州頼宣という男は一種の数寄者《すきしゃ》であり、この種の特殊技能には興味津々《しんしん》、自分でも習得しようと精根を傾ける。また『好きこそものの上手なれ』の謂《い》いで、異様に覚えが早い。今では本物の忍び顔負けに、忍び音声を駆使することができるようになっていたのだ。

頼宣はキッと、顔つきを険しくさせた。

「こともあろうにお父上様の旧領を――、お父上様がこのわしに残してくだされた駿河領を、忠長なんぞにくれてやるとは……！」

手にした鉄砲の銃身をへし折ってしまいそうなほどに、両手に力が籠もっていく。

「常久！」

「はは」

「わしは、駿府を取り戻すぞ！」

常久は上目づかいに頼宣の顔つきを窺った。

「まこと、本気でそのようにお考えでございまするか？」

「本気よ。このようなこと、戯れに申せるはずもないわ」

「して、手立ては」

頼宣はフンッと鼻を鳴らした。

「それはこれからおいおいと考える。まずは情勢を摑まねばならぬ。誰が敵で誰が味方かもわからぬのに、空論をひねり回しても意味がないわ」

常久はハッとした。

若者というものは頭でっかちで、自分にとって都合のいいことばかりを考えたがる。しかし、この殿様はそうではないようだ。

「ごもっともなる仰せにござる」

「そこでじゃ」

頼宣は常久に顔を寄せた。

「そなた、根来衆を率いて江戸へ向かえ。幕閣どもの腹の内を探るのじゃ。出過ぎ者の忠長めを快く思わぬ者が必ずおるはず。それらの者どもを焚きつけて、忠長めを責めあげるのじゃ」

「柳営内の不和を逆手《さかて》にとる策でござるな」

「左様。むろんのこと、忠長の弱みを探ることも忘れてはならぬぞ」

頼宣は不穏な笑みを東の空に向けた。

「忠長めを必ずや駿河より追い出してくれん！　そのあとで駿府に納まるのはこのわしぞ。忠長には代わりにこの紀伊をくれてやろう。和歌山など、忠長にくれてやっても惜しくはないわい」

カッカッカッと、高笑いを漏らした。

常久は頭の中でしきりに何事かを計算してから口を開いた。

「しかし……。忠長公を追い落とすほどの策ともなれば、いささか金がかかりましょうが」

「金か」

頼宣は即断した。

「とりあえず、南ノ丸の金蔵を使え。そのほうが引き出せるように計らっておく」

「ありがたき幸せ」

「いうまでもないが、人目につくようなことがあってはならぬぞ」

「御意《ぎょい》」

「このこと、我らだけの秘密じゃ。とくに、爺には知られてはならぬ」

「安藤帯刀様にございまするな」

「いかにもじゃ。あの者は徳川家大事に凝り固まっておる。いざとなれば、このわしよりも、江戸の将軍家に味方するかもしれぬ。油断はできん」

「ははっ」

「この件、そのほうに差配を任せる。根来衆を存分に働かせるがよい。頼んだぞ」

頼宣は忍び音声での会話を打ち切ると、鉄砲を返し、小姓の待つ御殿へと歩いていった。


その夜。配下の者数名を選んだ常久は、自らが隠密の第一陣として江戸に走った。江戸市中や近郊に隠れ家を作って潜伏し、紀井家の諜報網を構築するためである。

紀州山地を走破する。原始のままの密林を縫って進んだ。

安藤帯刀の謂いではないが、紀州の山地は迷路のように深く入り組んでいる。土地勘のない者が踏み込めば即座に方角を見失う。

だが、根来衆にとっては生まれ育った地元の山野であり、通い慣れた道だ。見覚えた巨木や岩を目印にして走った。

闇夜の山道だというのに、走る速さは昼間の街道を進むのよりも速い。街道では一目で忍びと知れるような無茶な疾走は厳禁だが、この山中ならば気兼ねはない。

と、これほどの速度で走りつづけているというのに常久は、ふと、何者かに追《つ》けられているような気配を感じて停止した。

配下の者どもも即座にとまる。常久は、周囲の気配に意識を凝らした。

夜の山というものは案外に騒がしいものだ。夜行性の動物が我が物顔に走り回り、それを狙ってフクロウや狼などが徘徊する。

しかし、常久が感じた怪しい気配は野生動物のものなどでは断じてなかった。

「どうなされた、師の御坊」

僧侶でもある根来衆特有の物言いで、配下の者が訊《たず》ねてきた。

常久は、曖昧に首を傾げつつ、訊《き》き返した。

「そのほうら、曲者の気配を感じはしなかったか」

根来衆たちは互いに顔を見合わせてから首を横に振った。

「感じなんだか」

「一向に」

「うむ」

常久も、おのれの感知した気配に対して半信半疑であった。

敵地であればまだしも、ここは紀伊の山中だ。いかに手練の忍びが来ようとも根来衆を追尾できるはずがない。

紀伊にはさまざまな隠密が派遣されている。公儀の目付でもある伊賀衆や甲賀衆、朝廷の諜報網の御所忍び、西国外様大名に仕える忍軍などなど。

それらの者どもの中に、常久たちの出立に気づいた者がいたとしても、この山中で気息を絶ったまま追尾できる者がいるとは、到底思えない。

——気のせいか。

あるいは山怪であろうか。

山中では人知を超えた怪奇現象がよく起こる。

——いずれにせよ、我らを追ってこれる者がいるはずがない。

常久は自分に再度言い聞かせ、走りだした。

四

南光坊天海《なんこうぼうてんかい》は、この年八十九歳になった。

人生が五十年で、七十歳が『古来稀なり』と言われた時代の八十九だ。ほとんど仙人を見るがごとき姿なのだが、しかし、この仙人、枯れた気配は微塵も感じさせず、精力的にバリバリと働いている。歳を重ねるにつれて気力体力が横溢《おういつ》してきて、全身には脂が漲っているようにも感じられた。

その矍鑠《かくしゃく》たる天海が、目下のところ、衰え知らずの精力を傾注しているのが、上《うえ》野《の》、忍ヶ岡に造営中の巨大寺院である。

京や南都（奈良）の諸寺に勝るとも劣らぬ大寺院を建立し、武門の力を見せつける。

この時期の徳川幕府の政治目標は、いかにして京の朝廷を屈伏させるか、にあった。

だが、いかに武力を見せつけたところで、あるいは経済力を見せつけたところで、帝も公家衆もまったく武士の力を認めない。意に介さない。

かえって、「武力や金の力に頼るとは、浅ましき東夷《あずまえびす》どもよのぅ」などと蔑視を強めたりもする。

だが、宗教の力は違う。

皇族方や公家衆は信心深い。あるいは迷信深いと言い換えてもいい。だからこそ、畿内には彼らが寄進した大寺院が甍《いらか》を連ねているのだ。

そこで。宗教界を武家政権が取り込んでしまったら、どうなるであろう。今の朝廷には、宗教界を繋ぎとめるだけの政治力も経済力もない。

京や南都を圧倒する巨大寺院を江戸に建立すれば、頑迷固陋《ころう》な殿上人たちの目も覚める。武士の力を認めざるをえなくなる。

これこそが天海が企図した政策であった。家康が天海を宗教顧問の座に据えたのも、ひとつには、この政策を了としたからだ。日本一の寺院を建立して公家どもを唖然呆然とさせること、これは生前の家康と交わした密約でもあった。

仮に建てられた中堂（天台宗寺院における本堂）で、僧侶たちが読経の声を競わせている。

耳を聾する、しかしこのうえもなく荘厳な声明《しょうみょう》に包まれながら、天海はこの大寺院にいかなる寺号をつけようか、と考えていた。

——元号がよい……。

元号をそのまま寺の名につける。

元号は帝の制定するところで、きわめて神聖なものである。『時間につけられた名称』なのだ。人間ごときが触れてよいものではけっしてない。

この時点で、元号を冠している寺は比叡山延暦寺をおいてほかにはない。

延暦はこの寺が建てられたときの元号だ。

延暦寺は国家鎮護の根本道場だ。日本の仏教界の中心とすべく、国家プロジェクトで建立された寺院である。ゆえに、延暦の寺号を冠している。時空をも超越した大寺院たれ、という願いがそこには籠められていた。

天海はこの禁忌《きんき》に挑戦しようとしている。

──折よく今年は甲子……。

甲子革令説に則《のっと》って元号が改元された。

──新しい元号を以て寺号とする。寛永寺だ。

国家鎮護の大道場、比叡山延暦寺にしか許されなかった空前絶後の名誉を、『徳川の寺』が手に入れるのだ。

むろん、さまざまな妨害が予想された。帝や公家衆が了承するとは到底思えない。また、簡単に承認されるようであれば、わざわざ寺号とする価値もない。

──それでも、わしはやるぞ。

八十九歳の老体に野望が燃え盛っている。炯々と輝く双眸が、じっと本尊を見据えていた。

そのとき。

侍僧が小走りにやってきて、天海の耳元で囁いた。

天海は、チラッと目を向けた。

「お福《ふく》が？」

侍僧は深々と頭を下げる。

「最前より、里坊にてお待ちにございまする」

里坊とは僧侶の個人的な住居のことだ。

「やれやれ。また何事か出来《しゅったい》いたしたか」

天海は重い腰を上げた。急に疲れがドッと出たように感じられた。

斉藤《さいとう》福は三代将軍・家光の乳母である。生まれながらの将軍となるべき家光の、家庭教育を任された女だ。

生家は美濃の斉藤家。美濃斉藤家といえば、鎮守府《ちんじゅふ》将軍・藤原利仁《ふじわらとしひと》の末裔であり、応仁の乱では斉藤妙珍《みょうちん》が一方の大将を務めたほどであり、武家の世界では超がつくほどの名門だ。

藤原利仁とは何者か、といえば、今昔物語や芥川龍之介の小説で有名な大福長者のことである。

ある日の宮廷で、貧乏公卿が「一度でいいから腹いっぱい芋粥を食べてみたい」と愚痴をこぼしていたので自分の領地に連れ帰り、高台に立って「明日の朝までに山芋を掘ってこい」と叫ぶと翌朝には、軒に届くほどの山芋が届けられていて、それを目撃した公卿が食べる前から満腹してしまった――という、あの男だ。

藤原利仁はその領民を郎党に仕立てて大軍団を形成し、戦で活躍して、ついには鎮守府将軍の官位を得た。

平安期には多田満仲《ただのみつなか》や源頼光《みなもとのよりみつ》、田原藤太秀郷《たわらのとうたひでさと》、平将門《たいらのまさかど》など、『武士の初め』と称される者たちが次々と勃興台頭したが、藤原利仁もまた、武士の初めのひとりに数えられる偉人であった。

さて。話は江戸時代に戻るが、この時代には『学校』は存在せず、学校の役目を果たしていたのは寺院と家庭教育である。

武士のための学校が存在しない以上、幼子を立派な武士に育てあげたいと思えば、由緒正しい武家に預けて、その家の家庭教育で指導してもらうのが一番である。

由緒正しく、武名の轟く武家の名門であれば、武士らしい武士に育てあげるための家庭教育が確立されているはずだ。

という次第で、家光の教育係として白羽の矢が立てられたのが、鎮守府将軍、藤原利仁の直系である、斉藤福だったのだ。

お福は巷間言われているような『謀反人の娘』でも『牢人の妻』でもない。

否、事実はそのとおりなのだが、そんなイメージで語られるようなうらぶれた女ではない。ハンデキャップなど吹き飛ばすほどの輝かしい家格を誇る貴婦人であった。『高札を見て乳母に応募した』などということがあるはずもない。生まれながらの将軍となるべき家光に、是非とも、鎮守府将軍家流の武家教育を身につけさせたいと熱望した家康によって、三顧の礼で招聘された教官なのだ。

乳母といっても乳をやるだけが仕事ではない。その実態は家光教育のプロジェクト・リーダーであったのだ。


さて。

家光の母親代わりであり、恩師でもある斉藤福が、天海の許をお忍びで訪れている。

天海は例によって、暗然たる思いに囚《とら》われた。

斉藤福という女、家康が見込んだほどであり、犀利《さいり》な知能の持ち主ではある。

だが、知恵の使い方の限度というものを知らない。『薬も飲み過ぎれば毒になる』を地で行くような女なのだ。

家光様御為の一念に凝り固まって、やらなくてもいいことまでしてしまう。あるいは、やりすぎてしまう。

で、いい加減、手がつけられなくなってから、天海の所に相談にくる。

ただでさえ忙しいのに天海は、お福の尻拭いに奔走させられることとなる。

――やれやれ……。

天海はお福の待つ里坊へ向かった。

徳川幕府という政体、外見は堅固にまとまっているように見えるのだが、その内実は目茶苦茶だ。福のような野心家がゴロゴロしていて、盛んに権力闘争を繰り広げている。

家康ならば群臣どもを一喝し、徳川家のためだけに働かせることもできただろうが、今の大御所の秀忠と三代将軍家光には、それだけの威厳も気迫も能力もない。

――このままでは日本国の天下国家、どうなってしまうかわからぬぞ。

一大名家の内紛などではない。天下を統べる将軍家の内紛なのだ。まかり間違えば、戦国の世に逆戻りする。

天皇家の内紛が南北朝騒乱の原因となり、足利将軍家の内紛が戦国時代の原因となったことを忘れてはなるまい。

とんでもないことにならないように、憚《はばか》りながら天海が、目を光らせているよりほかにない。とりあえず、お福の手綱だけはしっかり握っておかねばなるまい。

「上人様、お聞き及びでございましょうか」

挨拶を交わしたあと、侍僧が供した茶をゆるゆると喫しながら、お福が訊ねてきた。

「はて？」

天海は二重の意味で首を傾げた。いきなりの質問に答えかねたのと、もう一つは、

――お福め、妙に落ち着き払っておるな……。

いつものように血相を変えて取りすがり、わめきちらしてくるものと予想していただけに、この平静ぶりは意外である。

――しかし。世間話をするために、わしの許を訪れたはずはあるまいの。

落ち着きぶりは擬態かもしれぬ。天海はやんわりと頬を緩めながらも、心の内は引き締めて、訊ね返した。

「なんの話じゃな」

「大御所様が、甲府中納言様に、駿河国をお与えになるという話」

天海は「ううむ」と唸《うな》った。

天海も内心では『それはまずい』と感じている。

分家を増やして、全国の要地に配することは、徳川のために、ひいては日本国の安寧のためによいことだ。――が、それは、要地に配される分家の主が、宗家の将軍に忠誠を誓っている場合に限られる。

――その逆の場合……。

戦争の種をせっせと播いているようなものだ。

顔のあたりに鬱陶しいものを感じ、目を上げると、こちらを凝視するお福の視線と目が合った。

お福は、表情も変えず、なにげない口調で言った。

「忠長様は、早々に潰してしまわねばなりませぬ」

小バエでもひねり潰すかのような物言いだった。顔色ひとつ、変えていない。

天海はしばし窓の外を眺めて、黙然と時を過ごしてから、問うた。

「その手伝いを、わしにせよ、と申すのだな」

いつになく穏やかなお福は、無言で頷いた。

天海は即断せず、ふたたび庭に視線を向けた。

――甲府中納言殿を抹殺するのか……。

たしかに、天海の目で見ても、忠長は危険に過ぎる。兄であり将軍である家光をまったく敬慕していないし、忠誠心も持ってはいない。

忠長が危険なのは、第一にその器量と人気にある。はっきり言えば、忠長のほうがよほど将軍に相応しいのだ。優柔不断な家光などでは、とても御しきれない英雄児である。

——ならば、殺してしまうのが一番か……。

だが天海は、忠長を排除したのちのことにも思いを走らせた。

忠長という男は、将軍の予備でもある。家光には子がいない。万が一家光が急死するようなことになれば、弟の忠長が跡を継ぐことになる。

その場合はそれで丸く治まる。逆に、家光に万が一が起こった際に、忠長がいなかったら大変だ。

忠長を排除するだけなら、天海の知謀を以てすれば、そう難しい話ではない。しかし、将軍の予備を消し去ることはよろしくない。お福は家光可愛さのあまり、目の前の脅威しか見えていないが、しかし、徳川家にとっての真の脅威は外様の大大名たちなのだ。と、天海は思っている。

——徳川に仕える我々が、わざわざ徳川の手駒を減らすことはあるまい……。

天海の思考は、そういう結論に落ち着いた。

だが。

天海の顔つきから、天海の思いを読み取ったのであろう、お福は容易ならざることを言いだした。

「忠長が将軍となれば、上人様、あなた様のお立場も危うくなりましょうぞ」

天海は目をショボショボとさせて、お福を見つめた。

「なにゆえじゃ」

お福は、金壺眼《かなつぼまなこ》に不穏な決意を漲らせながら、天海を見つめ返した。

「忠長は、おのれを織田信長《おだのぶなが》に擬しておりまする」

「ふむ。信長公は中納言殿の大伯父に当たられるのであったな」

「容貌、ご気性、ともに瓜二つとか」

「そのようじゃ」

「忠長は、お江与様によからぬことを吹きこまれて育ったせいか、おのれに流れる織田家の血を、たいそう誇りにいたしておりまする。かの者が将軍になれば、信長気取りの振る舞いをいたすに相違ございますまい」

「それがどうした」

「さすれば、信長公をお討ちになられた上人様を許すはずもないのが道理」

「何を申す」

さすがの天海が、俄《にわか》に狼狽した。

「本能寺にて信長公が非業の最期を遂げられたは、もう四十二年も昔の話ぞ」

「昔のことゆえ、上人様の正体に気づいておる者は誰もおらぬ、とでも？」

「馬鹿馬鹿しい。今さら旧悪を暴いてなんとする」

「信長気取りの忠長と、織田家の血を誇るお江与めは、けっしてそうは思いますまい。必ずや、上人様に仇を為《な》すに相違ございませぬ」

天海は、口の中で『ムム』と唸って黙考に入った。

――福め……。このわしを無理やりにでも、忠長の敵に仕立てあげる腹づもりじゃな。

天海が『うん』と言わなければ、お福本人が真実を、お江与と忠長に告げるに違いない。さすればたしかに、天海の立場は微妙になる。

今は最も大切な時期。上野に造営中の寺を完成させ、家康との約束を果たさねばならないときだ。

この期に当たって今の地位を損《そこ》ねるのは好ましくない。天海個人の名誉の問題ではない。ことは武家政権と朝廷との権力闘争に及ぶ問題なのだ。

――おのれ、福め。痛いところを突いてきよるわ。

さすがは美濃斉藤家の女。そして斉藤利三《としみつ》の娘である。

斉藤利三は明智光秀の家老として、天下にその名を知られた英傑であった。朝廷に残る記録では『本能寺の変を立案したのは利三』とまで書き残されている。

――斉藤家は、父娘してこのわしを引きずり回そうとてか。

いずれにせよ、お福がここまで腹を固めたからには引き返しはしまい。

「敵は北ノ丸にあり……か」

天海がポツリと呟くと、お福は無言で頷いた。

江戸城北ノ丸には、甲府中納言忠長の上屋敷がある。

天海は徳川家の御家争いの渦中に、否応なしに飛び込んでいくこととなってしまったのだった。

五

和歌山――。

安藤帯刀は日課となっている頼宣への挨拶をすますと、『本丸御殿お庭』を囲った廊下を通って、家老の御用部屋に向かった。

庭の花畑に一人の美女が侍女を従えて立っている。

女は、安藤帯刀に気づいたのか、クルリと優美に振り返った。花よりもなお可憐な美貌が帯刀をまっすぐに見つめてきた。

「これは、御簾中《ごれんじゅう》様」

帯刀はその場に膝をついた。

頼宣の正室、あま姫が、手に花の束を携えたまま、ゆったりとした足どりでやってくる。口元に艶然と微笑を浮かべさせていた。

「帯刀殿。ご壮健にてなによりじゃ。……ふふふ。本日の足どりはまた格別に英気が漲り、さながら若武者のように晴れやかなる風姿じゃの」

「おたわむれを」

あま姫は加藤清正の娘である。喜多七太夫《きたななだゆう》の暗殺を辛くも逃れた美少女は、いつしか妙齢の美女になっていた。

慶長六年生まれであるから、夫頼宣より一歳年長の姉さん女房だ。この年、満年齢で二十三になる。臈長《ろうた》けた大年増のような色香を感じさせているし、かと思えば幼女のような可憐さを見せることもある。

　なんとも不思議な風韻を湛えた女性《にょしょう》である。無骨者の帯刀などは、会うたびに小首を傾げてしまうほどだった。

「いかがです、帯刀殿。紅葉渓《もみじだに》の東屋などで、よもやま話でも……」

　西ノ丸には紅葉渓と名づけられた庭園があった。あま姫の白い指先がスッと指し示している。

　帯刀は内心では、そんな暇な時間などないわい、と思いつつも、あま姫が指し示す先から目が離せない。

「この年寄りの繰り言でよろしければ……」

　と、恭しく頭まで下げてしまった。


　この頃はまだ、大名家正室の江戸住まいは強制されていない。

　参勤交代の制度すら固まっておらず、全国の大名は、いつでも好きなときに江戸に下り、好きなときに領国に下る（『上る』を使うのは京に向かうときだけ）。

　妻子を連れてくるのも勝手なら、連れ帰るのも勝手であった。

　むろん、幕閣の許可は取り付けねばならない。参勤とは、軍勢を引き連れて行軍することでもある。無許可で軍勢を動かせば戦争行為と間違われかねない。

幕府側もいちいち警戒が大変だし、隠密を放って腹の内を探るのも面倒だ。

そんなこんなを避けるため、参勤制度は整えられるのだが、それはまだのちの話である。

さらにのちには、大名の正室を江戸に集めるきっかけとなる大事件が起こるのだが、それにはこのあま姫と頼宣夫婦、そして信十郎が大きく関わることとなる。


あま姫と安藤帯刀は、紅葉渓の池に面した東屋に移った。初秋の風が吹き渡っている。緋鯉がポチャンと跳ね上がった。

東屋とはいえ御殿の庭園だ。青畳が敷いてあり、茶釜が切ってある。

あま姫が悠然と茶を点《た》てはじめた。帯刀が身を縮めて恐縮している。

安藤帯刀は、下僕のように恭しく、あま姫にかしずく自分の心理が訝《いぶか》しくてならない。

あま姫は頼宣の正室ではあるが、安藤帯刀は、かつては天下の老中だった男だ。頼宣とて、遠慮をせねばならぬ立場である。

あま姫の生家である加藤家なんぞは、それこそ安藤帯刀の顔色を窺って、折々には進物など持参して挨拶に来ていた。駿府年寄時代の帯刀の権勢とは、それほどに大きなものであった。

それなのに帯刀は、あま姫にだけは、どうにも頭が上がらない。

――菊池《きくち》の血を引く姫だからであろうか……。

などと考えたりもする。

あま姫の母は肥後菊池家の出身である。

菊池家は、魏志倭人伝に『狗古智卑狗《ククチヒク》（菊池彦）』として登場するほどの家柄だ。古さでいえば天皇家に匹敵する名族である。千年の時が醸成させた気品には誰も抗《あらが》えない。

――家康公の前でも臆さなんだこのわしも、姫君の御前では震えがくるわい……。

などと帯刀は思っていた。

あま姫が帯刀の前に茶碗を置いた。帯刀は恭しく喫する。時候の話題などつらつらと語り合ったあとで、あま姫はいよいよ本題を切り出してきた。

「我が君は、さぞ、お怒りでございましたろうな」

帯刀は、動揺を深い皺の下に隠し、わざと耄碌《もうろく》したような口ぶりで訊き返した。

「はて……？　御簾中様におかれましては、なんぞ、殿のお心に触るようなことをなされましたか。いや、それがしも覚えがございまするが、夫婦《めおと》喧嘩などというものは、夫婦暮らしにとっては口直しのようなものでございましてな」

あま姫は口元を押さえて、「ホホホ」と軽やかに笑った。

「何を仰せある。我が殿はあれでいて大気者。妾《わらわ》が勝手気ままに振る舞ったとて、滅多なことでは、おつむりを曲げることなどございませぬ。我が殿が心底ご立腹なされるとしたら、それは駿府のことをおいてほかにはございますまいに」

「はぁ」

「これ、帯刀殿。そのように惚《ほう》けておられる場合ではございますまい。あの殿のご気性じゃ。帯刀殿がうかうかとしておられれば、悔いを千載に残すことにもなりかねませぬぞ」

安藤帯刀は皺だらけの瞼を上げ、鋭い眼光をあま姫に向けた。怜悧な智嚢が猛烈に回転を始める。が、あくまでも耄碌口調で訊ねた。

「御簾中様は、何を仰せでございますやら……。この年寄りにもわかるようにお話しくだされ」

あま姫は、ちょっと顔を前に突き出して、帯刀の顔を斜めに覗き込み、意地悪そうな、あるいは得意気な、笑みを浮かべさせた。老年の帯刀ですらドキッと鼓動を昂《たか》ぶらせたほどに魅惑的な表情であった。

「南ノ丸の御金蔵じゃ」

「ほう、御金蔵とは」

「小判の枚数を数えてみよ。もし、足りなんだら、何に使われたのか調べなさるがよろしかろう」

帯刀はしばし無言であま姫を凝視した。あま姫は臆することなく、意味深な微笑を浮かべたまま、帯刀の眼光を受けとめた。

「南ノ丸の、御金蔵でござるな」

「いかにもじゃ」

帯刀は、また、無言になった。しばらく黙考したあとで、皺だらけの口元を開いた。

「御簾中様は、なにゆえ、そのような細事をご存知で」

「さぁてのう……。城の奥向きからは見えるのに、表向きからは見えぬものもある、と、そういうことかのう？」

「左様にござるか」

帯刀はすっくと立ち上がった。六十九歳とは思えぬ物腰であった。先ほどあま姫が

『若武者のようだ』と言ったのは、あながち世辞でもない。

「早速に調べさせまする。それでは、これにて御免」

「なんじゃ、もう一杯なりとも、茶を点てて進ぜようと思うたに」

「歳をとると気が急《せ》いていけませぬ。では御免」

帯刀は短い足をせわしく動かして去って行った。


「これでいいか」

安藤帯刀が去ったあと、あま姫は、東屋の外に控えた侍女に訊ねた。

侍女は腰を折り、目を伏せたまま頷いた。

あま姫は安堵の溜め息をもらしつつ、困った表情を浮かべた。

「妾は、夫を裏切ったことになろうかのう」

「いたしかたもございませぬ」

侍女は人形のごとき無表情で答えた。

この侍女は熊本の加藤家よりついてきた女である。正体は菊池一族の繋ぎ役であった。一種の忍者であり、武芸も達者、なまなかな武士では歯が立たない。ほかにも数名の侍女たちが常にあま姫を囲んでいる。これらはすべて、あま姫の護衛役でもあったのだ。

「帯刀様に動かぬ証拠を摑まれれば、中納言様も火遊びをすこしは慎まれましょう。火遊びですんでいるうちはまだしも、これが天下を燃やし尽くす大火となっては取り返しがつきませぬ」

「我が君は、これでおとなしくなるかのう」

「さあて……。あのようなご気性にあらせられますれば」

紅葉渓の東屋を白亜の天守が見下ろしている。

第三章　豊家の終焉《しゅうえん》

一

忠長を巡る徳川家内の暗闘をよそに、信十郎の日常はしごく平穏である。

信十郎たち一行は、鉄砲洲の近く、尾張町の商家に身を寄せていた。服部庄左衛《しょうざえ》門《もん》の息のかかった太物屋《ふとものや》である。太物とは木綿の反物《たんもの》のことだ。

尾張町は尾張から移住してきた商人がつくった町で、余所《よそ》者ばかりが住んでいる。信十郎のような不逞の者どもが身を隠すには絶好の場所だ。

そもそも、服部家の先祖は渡来人の秦《はた》氏であるらしい。秦氏は機織《はたおり》を日本に伝えた氏族だとされている。また、戦国時代の三河は、木綿の一大生産地であり、服部家と反物の関わりは二重三重に深かった。

キリと伊賀者の内紛がどう決着したのか、部外者である信十郎にはわからない。が、以前のようにキリは、服部家のお姫様然として振る舞っている。庄左衛門も屈託なく仕えているところを見ると、それなりに友好的に納まったようである。

店は東海道にも近く、人通りが繁華であるのでそこそこ繁盛している。

庄左衛門の妻、志《し》づが、接客をしている声が聞こえてくる。おっとりとした京女なのに、声は大坂の商人のように大きくてよく響く。

忍びの一族が世を忍ぶため、商人に化けているのに、商売繁盛ではかえってよろしくないのではないか、などと信十郎は思うのだが、やはり、有能な忍びは有能な人間でもあり、有能な人間というものは、何をやらせても上手に事を運んでしまうものらしい。

店の裏手は河岸《かし》になっていて、売り物の反物が日に何度も運び込まれる。それらは蔵に収められることもなく、すぐ店先に並べられ、そして飛ぶように売れていく。急激に人口を増やしつづけている江戸とはいえ、この購買力の旺盛さは只事ではない。これが偃武（平和）の活力なのであろう。

この頃、鉄砲洲はまだ海岸である。八丁堀入船の堤防が沖に向かって突き出しているのが近くに見える。

船というものは舳先《へさき》で波を切っているぶんには、どんな大波を乗り越えても転覆することはないが、横波を食らうとあっけなく転覆する。江戸湊《みなと》に入港する船を横波から守るため、長さ八丁の堤防と堀（入港路）が築かれた。これが八丁堀だ。

この堤防によって川の流れと潮流が停滞し、土砂が溜まって陸地ができた。築地の一帯がそれである。さらには、江戸の規模拡大にともなって埋め立てや土盛りも進められた。八丁堀は本物の堀になってしまい、江戸も中頃になると、かつてここが海に突き出た堤防だったことを知る者も少なくなった。

とにもかくにもこの頃の尾張町（銀座駅近く）は、松原に潮風薫る海岸線である。漁師が苫《とま》小屋を掛け、陽光に網を干したりなどしていた。

信十郎は大きく背伸びをして、さらにはあくびまで漏らした。

季節は秋。木々の葉も色づき、行楽などに出かけたくなるがそうもいかない。信十郎は派手に活躍しすぎたせいで多くの敵を作っている。迂闊《うかつ》に姿を晒したら面倒なことになりかねない。

――それにしても退屈でならん。

今までは向こうから勝手に風雲が押し寄せてくるようだったのだが、家光に代替わりした徳川政権はいよいよ磐石、すなわち信十郎たちの出番もない。それはそれで結構な話であるはずなのだが。

――俺は心底、役に立たない男なのだな……。

鬼蜘蛛とミヨシは品玉《しなだま》を持って盛り場に出て行く。奇術や軽業を見せて小銭を稼ぎ、自分たちが食うぶんぐらいは朝飯前に稼いでくる。

キリは帳場に座って算盤《そろばん》片手に台帳とにらめっこしている。なにやら昨今では女主《おんなあるじ》であるかのように店の者たちを差配までしていた。

それに引き換え信十郎は、何もできないし、することもない。

自分という人間がわからなくなる。

戦は嫌だ、偃武を永続させなければ、などと言いつつ、自分にできることといえば、戦乱の中で血刀を振り回すことだけなのだ。偃武のために頑張れば頑張るほど、自分の居場所がなくなっていく。これはいったいどうしたことか。

最近急激に普及してきた畳というものの上に寝ころがっていると、突然、河岸のほうからけたたましい声が聞こえてきた。

信十郎はハッとして跳ね起きた。

──騒乱の兆《きざ》しだ。

思わずニヤッと笑ってしまった。以前なら暗澹としたかもしれぬが、今は妙に心が躍る。

やがて、その騒々しさの主が、信十郎のいる離れ座敷に顔を出した。

「よう」

「やあ」

久闊《きゆうかつ》の挨拶も省略し、その男は勝手に上がり込み、ドッカと胡座《あぐら》をかいた。ここへ来るのは初めてのはずだが、まるで我が家に帰ってきたかのような大きな態度で、しかも、すでにしてゆったりと寛《くつろ》いでいる。

もっとも、それは礼に叶わぬ態度というわけでもない。鄭芝龍《テイシリユウ》（字《あざな》は飛虹《ヒコウ》）は、信十郎とは義兄弟の盃を交わした仲だ。信十郎の屋敷は我が屋敷も同然なのである。その憚りのなさこそが義兄弟のありがたさなのだった。

「怪我の具合はどうね？」

鄭芝龍は屈託のひとつも感じられない顔つきで訊ねてきた。信十郎も笑みを返した。

「このとおり、もう、なんともない」

南蛮剣士に刺された肩と腕をグルグルと回してみせた。

「それはよかことばい」

鄭芝龍の顔がさらに朗らかになった。

そこへキリがヌウッと、足音もなく入ってきた。

「やはりお前か。表店にまで聞こえていたぞ」

こちらもキリなりに、歓迎の顔つきをしている。無表情にしか見えないが、信十郎にはよくわかった。

キリは、鄭芝龍という男が嫌いではないようだ。会うたびにごとに大げさに、容姿を褒めてくれるからであろうか。

鄭芝龍は例によって、キリの美貌を褒めちぎった。キリは素知らぬ顔で座っているが、自尊心を満腔に膨らませているのが信十郎にはよくわかる。と、こんな微妙な洞察力を身につけている自分がなにやら嫌だ。

鄭芝龍が品書きをキリに差し出した。

「今回は、こんだけ運んできたばい」

「おう、すまぬな」

キリが平然と受け取って目を通しはじめた。

「何をしているのだ」

一人だけ蚊帳《かや》の外の信十郎が訊ねると、鄭芝龍とキリが同時に呆れ顔をした。

「明国から運んできた生糸と絹布の一覧たい」

「お前はどこに居候していると思っておるのだ。ここは太物屋だぞ」

「『知らぬは亭主ばかりなり』たいね。まっことシンジュウロは大物ばい」

二人がかりでさんざんに嘲弄《ちょうろう》されてしまい、信十郎は憮然として胡座をかきなおした。

イスパニアとの交易が断たれた今、明国船による交易の重要性はますます高まっている。明人倭寇にすれば稼ぎ時だ。

キリが鄭芝龍に訊ねた。

「船はどこに置いてきたのだ」

まさか、全長六十間（一〇八メートル）の大船で江戸湾に乗り込んできたわけではあるまい。そんなものが入港したら江戸はひっくり返ってしまう。

「下田に置いてきたとばい」

伊豆には大昔から水軍が盤踞《ばんきょ》しており、上方《かみがた》と東国の交易を担ってきた。複雑に入り組んだ伊豆半島の入り江は彼らの王国であった。

江戸の幕府に断りもなく、外国人に湊を貸した——などと知れたらえらいことになるのだが、知ったことではない。彼らは海の道々外生人。武家の政権には面従腹背を決め込んでいる。

　キリはチッと舌打ちした。

「伊豆の海賊どもめ。徳川に届けぬならまだしも、我らにまで伝えてよこさぬとは」

「今や服部は徳川の手下ばい。いたしかたなか」

　道々外生人たちの仁義や結束も、世の流れにつれて変化しているらしい。

　二人の商談が終わったのを見てから、信十郎は訊ねた。

「それで。ほんとうは何事が起こったのか」

　明人倭寇の若き幹部、鄭芝龍がわざわざ江戸まで足を運んできたからには、ただの商売であるはずがない。

　すると鄭芝龍は、ニヤーッと意味ありげに笑った。

　信十郎は内心、訝しく感じた。鄭芝龍は表情豊かな男だが、しかし、こんな笑顔は初めてお目にかかる。つまり何事か、これまでにない事態に直面している、ということだ。いったい何が勃発したのか。

　鄭芝龍は、信十郎が想像したとおりに、というか、想像した以上に、というか、とんでもない事実を告げた。

「オイの子が生まれよったとよ」

「えっ」

信十郎は口をアングリと開けてしまった。普段は無表情なキリまでも、目玉を大きく見開いている。

鄭芝龍は悦びを隠しきれない様子で、顔を真っ赤にして照れ笑いした。

「松《まつ》が、やってくれよったと。男の子たいね」

松とは鄭芝龍の妻、田川松《たがわ》のことである。つまりその子供は明国人と日本人の混血児ということになるわけだが、鎖国以前の九州地方は海外交流が盛んだったので、さして珍しい話でもない。

「それは――」

信十郎は一瞬、言葉をつまらせてしまったが、やがて、義兄弟として本心から悦びが湧き上がってきた。

「めでたいのう！」

「おう、喜んでくれるか。めでたい。まっことめでたい！」

「飛虹の子なら、俺にとっては甥も同然だ。喜ばぬはずがあるまい！」

二人は真っ白な歯を見せて笑った。

「名はなんとつけた」

「成功《セイコウ》じゃ。鄭成功」

「鄭成功か。ウム、よき名だ！」

それから二人は『鄭成功、鄭成功』と連呼しながら、庭で輪になってバンザイしながら走り回った。傍目には狂人の踊りである。悦びで胸がいっぱいの二人は、こうでもして全身を躍動させていないと収まりがつかない精神状態であったのだ。

一方、キリは、一人だけむっつりと黙り込み、座敷の暗がりで正座している。むろんのこと、能天気な男どもと一緒に踊り回るような性格ではないのだが、常に無表情な女にしては珍しく感情を露《あらわ》にしている。白い指がギッチリと袴を握りしめていた。

そんな剣呑な気配には微塵も気づかず、信十郎が喜悦丸出しの顔をキリに向けた。

「何をしている。祝いの膳だ。ちと早いが酒宴にしよう」

キリはムスッとして立ち上がると台所に消えた。何に蹴躓《けつまず》いたのか、瀬戸物の割れる凄《すさ》まじい音が聞こえてきた。

日が暮れた頃、膳の並んだ離れ座敷に鬼蜘蛛たちが戻ってきた。

「子ができたのか！」

ミヨシが喜色を満面に、持ち前の好奇心を剝き出しにして鄭芝龍に迫った。

鄭芝龍は満足そうに大盃を呷《あお》った。

「おう。……こげんに喜ばれるんなら、赤子ば連れてくればよかったとたいね」

信十郎が苦笑いする。

「生まれたばかりの子に無理をさせてはいかん。首が据わるまでは平戸に置いておくがよい」

「なんば言うちょる。オイたち海人は、船が揺籠《ゆりかご》たい」

豪語して高笑いした。

どんな子か、色は白いか、身体は大きいか、目鼻だちはどうか、などとミヨシは矢継ぎ早に訊ねた。いつもながらの鬱陶しさだが、鄭芝龍は丹念に答えて、いちいち高笑いを返した。

信十郎も心地好く酔っている。久しぶりに心の晴れ渡る夜だ。

しかし。キリだけが仏頂面で、灯火も薄暗い部屋の隅に座っている。いつもは人一倍酒を飲むのに、今日は酒も進んでいない。

鬼蜘蛛も愉しんではいない様子である。心ここにあらず、といった顔つきだ。

鬼蜘蛛にすれば、九州からやってきた鄭芝龍には、赤子の話より先に聞き出したいことが山ほどあったのだ。

いうまでもなく菊池ノ里のことである。

信十郎がキリを里に連れ込み、それが引き金となって宝台院の手勢が里を襲った。

宝台院は二代将軍秀忠の生母であると同時に、菊池の一族でもある。菊池一族とすれば、徳川将軍家に縁故ができて万々歳と思っていたのに、その宝台院が菊池ノ里を襲撃した。菊池一族分裂の危機であり、また、天下様である徳川家を敵に回しかねない窮地であった。

その責任を問われ、信十郎は里を追われ、村八分の状態にされている。信十郎はいうまでもなく菊池彦であり、菊池一族の王だ。王様が国を追われているのであるから、菊池一族の混迷の深さが理解できる。

もとより信十郎は、菊池ノ里の援助をあてにするような男ではなく、いつも一人で突っ走ってきたのだが、しかし、故郷を失った衝撃は大きい。

菊池が今、どうなっているのか、鬼蜘蛛はそれを知りたい。さらにいえば、未遂に終わったキリシタン一揆のその後も知りたかった。

しかし、単純明解で豪傑肌の鄭芝龍は、自分の子供のことで頭がいっぱい、自分が九州から持ってきたであろう情報を披瀝することなどまったく忘れているようだ。

鬼蜘蛛は下唇を突き出したが、しかし。この場の空気を壊すことを恐れて黙っていた。鄭芝龍に目を向けられればパッと笑顔を見せたりもする。鬼蜘蛛も鬼蜘蛛なりに世故の知恵をつけはじめている。平たくいえば、大人になったということだ。

酒に弱い鬼蜘蛛が真っ先に酔い潰れた。小柄なミヨシに担がれながら寝所に下がった。キリもいつの間にか姿を消し、座敷には信十郎と鄭芝龍だけが残された。

二人は静かに盃を酌み交わした。

「菊池ンことじゃが」

鄭芝龍がポツリと口を開いた。信十郎は「うむ」と頷いた。

「オイの手のモンを貼りつけとるくさ、まぁ、菊池は菊池でボチボチとやっとるようばい。あの大長老が生きておるうちは、何も問題なかじゃろう」

「そうか。世話をかけるな」

「シンジュウロが里を追い出されてくさ、里を襲うモンもいなくなったばい。平穏無事そのもんたいね」

「きつい物言いだな」

信十郎は力なく苦笑した。たしかに、自分さえいなければ、皆が丸く収まる。

以前、シキという名の忍びに言われたことがある。信十郎が出現したことで、忍びの世界や武士の世界の釣り合いがとれなくなり、無用の軋轢《あつれき》が生まれたのだ、と。

「琉球は、どうなった」

秀昌《ショウシショウ》の黒い顔、太い眉と大きな目、真っ白な歯並びを思い浮かべつつ訊ねた。

「大島は薩摩ン蔵入り地になったとたい」

琉球王国の領土だが、年貢は薩摩の島津家に納められる、と、そういうことだ。

結局、非武装国家の琉球国は薩摩の武威に屈したのだ。奄美大島に住む琉球人たちはこれから塗炭《とたん》の苦しみを味わされることになるだろう。現実の軍事的脅威から目を背け、平和の夢に浸った代償にしては大きすぎる。

「島津は琉球王になるつもりなのか」

「それは知らんばい。じゃっど、そぎゃんこつ江戸の大君が許すわけもなか。琉球にすれば、島津と江戸の不仲だけが頼りばいね。島津に攻め滅ぼされたくないなら江戸を頼るしかなかばってん、それに気づいちょる親方《ウエーカタ》（琉球王朝の大臣）がおるかどうかは怪しいもんたい」

陰気な話ばかりになった。

鄭芝龍は盃を干した。

「今、九州は貿易でわいちょる。今日より明日、明日より明後日、豊かに幸せになれると皆が信じちょる」

琉球が日本に屈したので琉球経由の交易路が新たに開かれた。九州諸国は交易でさらに潤いはじめた、ということだ。

「皆が豊かに暮らしておるあいだは、ちょっとの苦痛にも堪えられようもん。肥後ンこつは、安心しておればよかよ」

「そうか。それを聞いて安堵した」

紆余曲折はあったが、イスパニアは去り、琉球の戦乱も終息し、九州は静けさを取り戻したようだ。心配事がひとつ減った。信十郎は安堵の吐息を洩らした。

二人は最後に盃を交わして、その夜は別れた。

信十郎は寝所に入った。先にキリが横になっている。まだ起きているようだが、信十郎に背を向けて身を固くさせていた。

褥《しとね》では蕩《とろ》けるように甘えてくるキリにしては、珍しい態度であった。

「どうしたのだ」

夜具の中に潜り込みながら訊ねると、キリはいっそう身を固くさせた。

「飛虹とお松は、祝言を挙げてどれぐらいになる……?」

背を向けたまま、キリが訊ねてきた。信十郎は虚を衝かれ、しばし、馬鹿面をして考えてしまった。

「一年経つか、経たずか、それぐらいだな」

「なのにもう子ができた」

「ああ」

信十郎はようやく、キリが何に悩み、何に不貞腐《ふてくさ》れているのかが理解できた。

──我らが契《ちぎ》って、もう二年にもなるのだな……。

短かったような、長かったような。

その間、一人も子ができないというのはたしかにおかしい。キリが思い悩むのも無理はない。

──しかし、それは……。

信十郎はキリに添い寝をし、身を横たえた。

「キリが悪いのではあるまい。我が父も子作りには苦労したと聞いている。そういう家系なのであろう」

と、そのとき。高台院──秀吉の正室おねの面影が脳裏をよぎった。福島正則に

「会いに行ってやれ」と言われたのに、まだ訪《おとな》いを入れていない。

キリは身を硬くさせている。信十郎は、仕方なく、一人で四肢を伸ばした。

どこまでも気楽に、健康にできている肉体であるらしく、すぐに眠りに落ちてしまった。

二

高台院様の病が重いようだ、もう、医師の手にもあまるらしい——という風聞が信十郎の耳まで伝わってきた。

信十郎が隠棲するこの屋敷は、伊賀者の頭領の屋敷でもあり、全国津々浦々からありとあらゆる情報が集まってくる。

高台院尼、おねは、天文十一年（一五四二）の生まれ。夫の秀吉より六歳若い。永禄四年（一五六一）、秀吉と祝言を挙げたときには十四歳だった。と伝わっているのだが、生年と勘定が合わない。満十九歳、数えなら二十歳か二十一であったはずだ。当時としてはかなりの行き遅れである。

新郎の秀吉は三十一だったということになっている。これまた勘定に合わない。満年齢で二十五歳であったはずだ。

婚期を逃した醜女《しこめ》と下賤な足軽のカップルか。三十一歳の醜男が十四歳の美少女を射とめた話にしておいたほうが、夢があるのは事実である。

十九歳の新妻も七十六歳になった。夫は二十六年も前に死去し、夫が作り上げた政権は、今や跡形もない。無残に崩壊してしまった。

ある意味、このうえもなく孤独な余生を送っている女ではあった。


――行かねばならんな。

信十郎にとっておねは『母』であると同時に命の恩人でもあった。おねが救いの手を差し伸べてくれなければ、信十郎は幼児の頃に死んでいたはずだ。

信十郎は京へ走った。

いつものように鬼蜘蛛とキリがついてきた。芸人として、太物屋の女主として、忙しく有意義な毎日を送っていたはずなのだが、やはり、一所にはじっとしていられぬ性分らしい。

さらに今回はミヨシまで従っている。鬼蜘蛛は煩《わずら》わしそうにしているが、キリはミヨシを高く買っているようで、好きなようにつきまとうことを許していた。

一行は甲斐から信濃へ道を取った。『山ノ道』である。古来より杣人《そまびと》や猟師、山師や修験者などが辿った道で、武士や農民では踏破すら難しい急坂の連続だが、山に慣れた者にとっては最短の近道なのである。

一行は、山の天狗様のように山間を踏み越えて、五日で甲斐、信濃、美濃、近江を通過すると、六日めには比叡山を越えて京都に入った。

おねが隠棲する高台寺は京都盆地の東の端に位置している。清水寺にほど近い。ここがかつての天下人の正室の隠居所か、と、訝しく感じられるほどに閑静な侘《わび》住まいだった。身分の高い僧や尼僧の住まう寺院には、青侍《あおざむらい》が警護についているものなのだが、それらの姿も見当たらない。

もっとも、それもまた無理からぬところではある。今のおねは、政治的にはまったく無力で無価値な存在だ。彼女を殺害したり誘拐したりしても、なんの得にもならないし、なんの波紋も引き起こさない。世間から完全に忘れ去られた存在で、『あの人はまだ生きておわしたのか』などと言われてしまう。そんな虚しい余生を送っていたのだ。

信十郎はキリたちを外に残し、一人で高台寺に潜り込んだ。裏手の塀を乗り越えて、

い。その尼僧もまた相当の高齢である。病身のおねの介護では力仕事もせねばならぬであろうに。この老身では身に堪えることだろう。

老尼僧は先に立って案内した。細い回廊を進む。

「御寝所ではないのか」

常ノ御座所や寝所から離れていくので、信十郎は訝しげに訊ねた。老尼僧は、チラリと振り返って答えた。

「広い座敷では寒さが身に堪えると仰って……。今はもっぱら、庵室でお過ごしにございまする」

たしかに秋も深まりつつあるが、若い信十郎にとっては、澄んだ秋風は肌に心地好いばかりだ。おそらく万人が同様に感じることであろう。

――それを寒いと仰るとは……。

どう考えても、この冬を乗り切ることはできまい。信十郎は暗澹とした。

もともとは茶室として建てられたのだろう、数寄屋造りの六畳ほどの庵《いおり》におねが仰臥していた。雨戸は開け放たれ、障子一枚で外気と隔てられているだけだというのに、病の異臭が濃密に充満していた。

「今日は、お健《すこ》やかにございまする」

老尼僧はそう言って顔をほころばせた。信十郎はますます暗然とした。凄惨に窶《やつ》れ、顔色も最悪なのに、これでもまだ、健やかに見えるほうだとは。

老尼僧はおねの枕元に膝行《しっこう》し、耳元に語りかけた。

「真珠郎君がお越しにございまする」

すると、死んだように横たわっていた老女が「おう」と声を搾り出した。

「起こせ」

老尼僧にすがって上体を起こそうとする。ここまで衰弱した身体を無理に起こしたりしたら致命的に寿命が縮んでしまいそうだが、しかし、もはやいかに養生しても回復の見込みがないことは誰の目にも明らかだ。ならば望むようにさせてあげるのが思いやりである。老尼僧は言われたとおりにおねを起こした。

分厚く重ねた布団がおねの背中に添わされる。おねは寄りかかって上体を支える。

平伏する信十郎の姿をようやく認めて「おう、おう……」と掠れた歓声をあげた。

「真珠郎君か……。よう、お越しくだされた……」

歯もほとんど抜けている。聞き取りづらい声だ。

信十郎の記憶にあるおねは、農家のカカァのような、素朴で力強い生命力に満ちた女であった。逞しく太った大根のような体格をしていた。それが、こんなに細く萎《しな》びきってしまうとは。

信十郎は自分の表情を隠すためにも「ハッ」と低く頭を下げた。

「母上様ご病気と伺い、病気見舞いに参上いたしましてございまする」

おねは、どこが皺で、どこが瞼で、どこが口唇なのか定かではない顔を、さらにクシャクシャにさせて笑った。

「このわたしを母と呼んでくださるか」

「我が父の御正室様ならば、それがしの母上様に相違ございませぬ」

「そう言ってくださるのは、もはや真珠郎《な》君ただお一人ぞ」

秀吉は信十郎を含めて四人の子を生し、あるいは、多くの養子を取った。だが、そのほとんどが若くして死んだ。また、秀吉を父と慕い、おねを母と慕った加藤清正、福島正則たちも死んだ。あまりにも子供運に恵まれないおねの人生であった。

「母上。それがし、しばらくここに留まり、母上に孝養を尽くしたく存じまする。お許しいただけましょうか」

「これは嬉しいことを言うてくださる。いつまでも、この母の傍にいてくだされ」

おねは、ほとんど見えないであろう目を瞬かせた。

「……大きゅうなられた。そなたのような和子《わこ》を、是非とも、我が腹から産みたかったものよのう」

そんなことを言われても畏《おそ》れ入って平伏するよりほかにない。

「もしも、妾《わらわ》が若い頃に、そなたを産んでおれば……」

関ヶ原の合戦も二度の大坂決戦もなく、世は天下太平で、豊臣の世は末永くつづいたであろうに、などという繰り言を延々とつづけた。

それはそうだったかもしれないが、そうすると、信十郎は二代目太閤として天下を治めなければならないことになる。信十郎としては、まっぴら御免こうむりたい話だ。身分に縛られるのが嫌だということもあるし、自分のような無責任で無軌道な男が天下人などになったら、社会に無用の混乱を引き起こし、たちまちのうちに国を破ってしまうことが確信できたからでもある。

——それに引き換え、秀忠公は、よくやっておられる……。

唐突に秀忠の疲れきった横顔を思い出し、信十郎は内心で溜め息をもらした。

「肥後守殿は、お健やかか」

おねは、加藤清正の子であり、肥後加藤家二代藩主を継いだ忠広《ただひろ》について訊ねた。

「いかにも、ご壮健でございます」

信十郎は答えたが、実際に壮健なのかどうかはわからない。病気だとか、心神耗《こう》弱《じゃく》しておられるとかいう話は聞かないので、多分、壮健なのだろうと思って、そう答えた。

信十郎は加藤清正の猶子であり、忠広にとっては兄ということになるはずなのだが没交渉だ。信十郎の存在自体を秘さねばならなかったこともあり、清正は信十郎の身柄を菊池ノ里に預けた。今さら藩主の義兄ヅラをして加藤家に乗り込んでもいいことなど何もない。無用の波紋を引き起こすばかりで、しかもその波紋は天下そのものを揺るがしかねない。

信十郎自身も無欲であり、清正の子として殿様暮らしをしたいなどとはまったく思っていない。

そんな事情を知らぬおねは、信十郎はまだ、加藤家に庇護されていると思っていた。もし、彼が天下を飛び回って長刀を振りまくっているのだと知ったら、いったいどんな顔をしたことであろうか。

それはさておきおねは、忠広に対して不満を抱いているようだ。

「江戸と肥後とのあいだを頻繁に往復しておるというのに、妾のところへは寄ろうともせぬ。顔も出さぬ。虎之助とは大違いじゃ」

おねに対してご無沙汰なことでは信十郎も負けてはいないわけだが、それはさておき忠広の苦衷《くちゅう》を思えばいたしかたのないところもある。

肥後加藤家は豊臣恩顧大名の筆頭である。徳川家にとっては潜在的な敵国だ。その藩主としては、用心に用心を重ねて行動せねばならない。秀吉の未亡人と頻繁に連絡を取り合っていたら徳川家の不興を買うし、痛くもない腹を探られることにもなりかねない。

「それがしが肥後守殿の代理ということで、お許しをいただきたく存じます」

信十郎はそう言って、この場をとりなした。

訊ねて来る者もなく、寂しさを託っていたであろうおねは、病者とは思えないほど饒舌に喋りつづけたが、やはり疲れが溜まったのか、話の途中でいきなり眠りに落ちてしまった。

老尼僧がやってきて、甲斐甲斐しく、おねを布団に横たえさせた。

信十郎は、そっと庵から下がった。

その夜。信十郎は不可解な集団を目撃した。

世間から忘れ去られた老女の、しかも早晩病死してしまうことが確実なおねを襲う者もいないだろう、とは思ったのだが、長年身につけた習慣で、信十郎は無意識に、警戒の態勢をとっていた。

そのせいだろうか、不穏な気配を漂わせた集団が、東山の尾根に沿って南下する気配を察したのだ。

高台寺を出て山裾に身を潜める。忍びの一団が遠くを走り抜けていく。

「曲者や」

「おかしな連中が来たよ」

鬼蜘蛛とミヨシが別方向からほとんど同時に駆けつけてきた。

「お前は黙っとれ。わしが言うわ」

「アタシのほうが先に見つけた」

信十郎は手を伸ばして痴話喧嘩を遮った。

「何者が来たのだ」

鬼蜘蛛とミヨシが同時に喋りだす。二人とも早口だ。信十郎はウンザリした。

「もういい。オレから話す」

キリが闇の中から現われた。鬼蜘蛛とミヨシに鋭い目を向けて黙らせる。

「忍びだ。あれは根来の末裔だな」

信十郎は訊き返した。

「根来寺の僧兵か。……すると、尾張か、紀伊の忍びだな」

「紀伊だろう」

キリは即座に断言した。

「なぜわかる」

「菊池の者が張りついておるからな」

傍目八目《おかめはちもく》ではないが、忍びの行動は傍から見ているほうがよく見えることがある。根来衆を追跡する菊池の手勢は、根来衆に対しては気配を絶っていたが、横合いから眺めたキリの目を誤魔化すことはできなかった。

信十郎は考えた。紀伊の菊池衆が動いているということは、あま姫が事件に関与している、ということか。

そうと知っては放っておけぬが、しかし、おねも放ってはおけない。信十郎は、おねの死に水を取るためにやってきたのだ。

「キリ、すまんが、その者どもを追ってくれぬか。何をしようとしているのかを知りたい」

「断る」

キリは即座に言った。

「なぜだ」

「信十郎を一人にはさせられぬ。何をしでかすかわからぬからな」

手のかかる子供に対するような言いぐさだが、しかし、そう言われると、何もしないから大丈夫だよ、と言い切る自信もない。

「なら、鬼蜘蛛」

「もっとアカンわ。わしは信十郎の護り忍びやで」

梃子《てこ》でも離れぬつもりらしい。

するとミヨシがピョンと飛び出してきた。

「それなら、アタシが行く！」

信十郎と鬼蜘蛛は驚きと困惑の顔を見合わせた。だが、彼らが何か言うより先にキリが口を開いた。

「お前ならできよう。行け」

ミヨシは嬉しげに一礼すると、跳ねるような足どりで闇の中に消えた。

「あっ、お前――」

鬼蜘蛛が立ち上がって腕を伸ばしたが、もう、気配も届かなくなっている。

「なんで行かせたんや⁉」

鬼蜘蛛が食ってかかると、キリは無表情のまま答えた。

「案じるな。あの娘、お主らが思うほど、子供でも未熟でもない」

それから白い袖を口に当てて「ふふふ」と笑った。

「それほどまでに心配なら、あとを追ってもよいのだぞ」

「アホウ！　そんなこと、でけるか！」

鬼蜘蛛はドッカと胡座をかき直した。いっそう激しく下唇を突き出してそっぽを向いた。

キリは忍びやかに笑っている。

三

それから数日のあいだ信十郎は高台寺に逗留しつづけたが、おねは日に日に衰弱して、ついには昏睡状態に陥った。

やはり、無理をして身体を起こしたり、お喋りで体力を使ったのがまずかったか、と、信十郎は内心忸怩《じくじ》たる思いであったが、付き人の老尼僧はおねの死期を平静な気持ちで受けとめている。

「最後に楽しく時を過ごせて、高台院様もお幸せでしたろう」

と言った。

ミヨシは戻ってこない。根来衆を追ってどこまでも行ってしまったようだ。

夜。信十郎はおねの枕元に侍《はべ》っていた。

――そろそろ、引き潮時だな。

海の潮の引くのと機を同じくして、人は息を引き取る、とされていた。潮の干満は月の移動と連動している。太陰暦を使っていた頃の人たちは月齢が常に頭にあるので、内陸地でも潮の満ち引きを推察できた。

おねの呼吸が次第に細くなっていく。

ふと、信十郎は顔を上げた。

――庭に誰か、入ってきたようだ。

厳粛な死出の旅立ちを騒がす者が来たのであれば、追い払わねばならない。信十郎は金剛盛高《こんごうもりたか》を手に庵室を出た。

庭では、無音の戦いがすでに始まっていた。あの老忍が刀を抜いて構えている。高台寺の庭は、高名な作庭家、小堀遠州《こぼりえんしゅう》の手によるものだ。それはそれは見事な庭が広がっている。

枯山水の大きな石組を挟んで、もう一人、別の忍びが立っていた。

黒い影が陽炎《かげろう》のように揺らめいている。

——隠形鬼《おんぎょうき》……!?

信十郎はその忍びの姿に見覚えがあった。四鬼《シキ》と呼ばれる四人の忍びのうちの一人、隠形鬼である。

かつて、芝の増上寺にて対決し、信十郎に毒針を打ち込んで窮地に陥れた。隠形鬼自身は信十郎の斬撃で右腕を失った。傷が癒えた今は、信十郎を仇敵と見做《な》して追っているらしいが、その忍びがなぜ、今夜、この場所に現われたのか。

隠形鬼は声もなく、気配もなく、立っている。腕のない片袖が夜風に揺れているが、衣のはためく音もしない。

——隠形の術だ。

片腕の忍びなど、ものの役に立ちそうにもないのだが、隠形鬼には片腕の働きよりも遙かに勝る忍術がある。気配を絶ちつつおのれの姿を別の場所に投影するのだ。これがすなわち『隠形ノ術』である。この幻術に堕《お》ちた者は、幻に向かって攻撃し、その瞬間、別の場所に潜む本体から思いもよらぬ攻撃を受けることとなる。

今、見えている姿も幻だ。これに囚われていては勝てない。

隠形鬼の幻はユラユラと揺れながら、老いた忍びの周囲を回りはじめた。

しかし老忍は悠然と構えている。信十郎はハタと気づいた。あの老忍の目はほとんど見えない。忍びとしては致命的な欠陥だが、隠形の術に対しては有効だ。術にかかることはあるまい。

隠形鬼は老忍の目が見えぬことを知らないのか、隠形の身を揺らめかせながら迫ってきた。

老忍に隠形鬼が討てるのか、といえば、それは難しい。信十郎は刀を手に庭に下りた。

すると、

「手出し無用！」

老忍が鋭く叫んだ。

「これはわしの古い敵《かたき》でござれば」

どうやら、一対一で決着をつけるつもりらしい。いささか意外である。この二人にどういう因縁があるのか知らぬが、これではまるで武芸者同士の果たし合いだ。

忍びは任務を成功させることのみを考える者であって、武芸者のようにおのれの矜持を賭けて戦ったりはしない。近くに味方がいるなら袋叩きにして安全に勝つ。どんな卑怯な手段を使ってでも、必ず任務を成功させることこそが、忍びの誇りであるはずだった。

忍びたちの意識の中で、何かが変わってきている。それが世の移ろいなのか、偃武の影響なのかはわからない。

しかし確実に、人の心の有り様が変わった。


隠形鬼はさらに間合いを詰めた。一方の老忍は、そっぽを向いて別の方向に切っ先を向けている。その先に隠形鬼の本体が潜んでいるのか、どうなのかはわからない。

老忍は刀を構えたまま微動だにしない。ただ一撃、斬撃の瞬間を待っている。

若い頃なら身を躍動させて飛び回り、敵の目を撹乱させて攻撃したのであろうが、もはやそれだけの体力はない。ただ一太刀を浴びせるだけで精いっぱい。それだけでも全身の力を振り絞っている。

隠形鬼は老忍の周囲を回りつづける。老忍は瞼を瞬かせた。いつのまにか大量の汗が額から噴き出し、目に流れ込んでいる。そもそも老人は汗が少ない。まして忍びは汗をかかない訓練を若い頃から積んでいる。それなのにこの大量の汗。老忍はこの一瞬に命の炎を燃え尽きさせようとしている。若者のように全身の筋肉で血潮を熱くさせているのだ。

隠形鬼の旋回がとまった。と同時に袖を靡《なび》かせて老忍に襲いかかった。

瞬間、老忍の身体が真横に飛んだ。何もない空間に向き直り、剣を鋭く振り下ろした。その切っ先の真下に隠形鬼の本体があった。隠形鬼の矮軀《わいく》が夢幻のように浮かび上がった。

だが。隠形鬼はやすやすと身を翻した。老忍の剣は宙を斬り、切っ先がガツンと庭石を叩いた。

勝負は一瞬でついた。老忍は血飛沫《しぶき》をあげて倒れた。

隠形鬼は手斧のような武器を左手に握っていた。斧には血がついている。老忍の額は真っ向から叩き割られていた。それっきりまったく動かない。脳髄を破壊されての即死であった。

隠形鬼の影は、今度は信十郎のほうに近づいてきた。信十郎は金剛盛高を抜刀した。隠形鬼の前に立ちふさがる。

「高台院様はまもなく息を引き取られる。そんな老女を討つことに意義があるとも思えぬ。静かに送ってやってはもらえぬか」

すると、闇の中から聞き覚えのある不気味な声音が響いてきた。

「いかにも。わしはあの女を見送りに来たのだ。今さら手出しをするつもりは、ない……」

隠形鬼から殺気が消えた。おねを看取りに来たという言葉に嘘はなさそうだ。

「では、なぜこの忍びを討った」

隠形鬼は低い不気味な声で笑った。

「その男は、あの女を護ることに生涯を捧げておったのだ。わしはそのことを知っておる。……しかし、その役目も今宵で終わりだ。こやつは、今日を限りで生きる意味を失くしてしまう。だから、討ちに来てやったのだ。この男に、『最後まで高台院を護って死んだのだ』と納得してもらうためにな……」

なにやら妙に湿っぽい感傷だ。忍びも老いると人並みに感情を持つのか。

「お主は高台院様と古いなじみでもあるのか」

隠形鬼という男、意外に齢を重ねているらしい。

「否。わしの仇敵だ。……仇敵の妻であった」

「そなた、故太閤殿下の敵だったのか」

そのとき、信十郎の背後からキリが現われた。隠形鬼の前に立ちはだかりつつ、信十郎に目を向ける。

「そろそろ座敷に戻れ。この者は、オレと鬼蜘蛛で見張っておるから案じるな」

信十郎は刀を鞘に納めると座敷に戻った。シキの影は庭で揺れつづけている。信十郎は障子を閉ざした。


半時ほどして、おねは息を引き取った。信十郎が死に水を取っていると、庭のほうから忍びやかにすすり泣く声が聞こえてきた。

が、それもすぐにやんだ。


寛永元年九月六日。従一位高台院尼、薨去《こうきょ》。三千石の遺領は実家、木下家が継いだ。

甲子革令説の正しさを裏付けるかのように、豊臣の時代が終わった。

第四章　東下の道

一

ミヨシは菊池の忍びを追って走る。菊池の忍びは、根来衆を追っている。

根来衆は京を出ると、比良《ひら》山地を踏破して琵琶湖西岸を北に向かった。


近江国。北国街道。木之本《きのもと》宿。

京から北国に向かう旅人は、近江国大津から船に乗って琵琶湖北岸の塩津を目指すか、あるいは琵琶湖西岸の若狭街道を北上して、木之本宿を目指す。

木之本宿からさらに北へ進むと木ノ芽峠を越えて越前国に達する。逆に、南に向かえば彦根（佐和山）、安土、守山、草津など、琵琶湖東岸の町々を経て京都に戻る。

南東に向かえば関ヶ原を経由して岐阜に至り、そのまま東へ進めば中山道、南に下れば名古屋に向かう。交通の大分岐点である。

紀伊根来衆の頭、橋本常久は、木之本の宿場で北国からの旅人を待ち受けた。

塗笠で顔を隠した武士が北国街道を下ってきた。六十ほどの年格好だが足腰はしっかりとしている。

この年齢の老人なら、若い頃には重い甲冑を身に着けて、戦場を駆け回っていたはずである。元服の儀式でしか鎧を着たことのない昨今の若侍たちより、よほど頑健な体軀を誇っていることだろう。

この男――。本多正純の家臣、内田左近《うちださこん》は、正純の密命を受けて全国各地に密書を届け、あるいは裏工作に従事してきた。旅慣れているので疲れも見せない。意気揚々と峠道を下ってきたのであった。

内田左近はなにげない様子で笠を脱ぎ、一軒の旅籠に入った。通された座敷でくつろいでいると、旅法師姿の橋本常久が、これまたなにげない様子で入ってきた。法師姿は変装ではない。常久は本物の僧侶だ。その証拠に頭髪を切禿にしている。

常久は内田左近を上座に据えて拝跪《はいき》した。

「お役目、ご苦労に存じまする」

「うむ。そなたも大儀じゃ。面《おもて》を上げられよ」

常久が顔を上げると内田左近は、老練な交渉役らしく、実に人好きのする笑みを浮かべさせた。この笑顔で相手を惹きつけ、丸め込んでしまうのだろう。さすがは本多正純の謀臣である。忍びの目から見れば油断も隙もあったものではない。

「道中はいかがでございましたか」

常久が当たり障りなく訊ねると、内田左近にとっては、当たり障りのない話題ではなかったらしく、「むう」と低く唸ってしまった。

「越前は、越前宰相忠直様の弟君、伊予守忠昌《いよのかみただまさ》様がお継ぎになられた。伊予守様は北《きたの》庄《しょう》を福井と改称なされたそうじゃ」

越前北庄には、徳川家康の次男の秀康と、その嫡子、忠直が封じられていた。徳川宗家を継いだ秀忠は三男であり、次男秀康より格が落ちる。越前家こそが徳川一族の宗家なのではないのか、という疑念は、江戸時代を通じて囁かれつづけたことであり、それに乗じて本多正純は、忠直を担ぎ上げ、秀忠、家光を排除しようと謀ったことがあった。

しかし策謀は失敗に終わり、忠直は豊後《ぶんご》に配流され、本多正純も失脚した。

正純の手足となって働いてきた内田左近にすれば、越前国の処遇は心にかかることであったのだろう。

「地名まで変えさせるとは……」

秀康・忠直親子が丹精をこめて築いた町の名は消された。彼らの業績はすべてなかったこととする、という幕府の意向による仕置きだろう。

左近はしばしのあいだ、憂悶に耽っていたが、常久が目の前にいることにハタと気づいて空笑いした。

「これは御免を被った。歳をとると人目も憚らず、物思いに耽ってしまって困る」

ひとしきり照れ笑いして見せたところで問いかけてきた。

「紀伊中納言様はご壮健におわすか」

「いかにも。壮健にすぎて家臣一同、困じ果てておるほどにございまする」

「ハッハッハ、それはよい」

内田左近は大口を開けて笑った。健康な老人に必須の特徴で、歯並びがよい。

「それはますますもって頼もしい。我らも働き甲斐があるというものじゃ」

「畏れ入ります」

過去の失敗はサラリと水に流して、新しい陰謀を巡らせねばならぬ。

「さっそく明朝にでも発つといたそう。名古屋まで、なあに、二日の道程じゃ」

美濃大垣までは歩き、そこから船に乗って桑名。桑名から宮まで海路、宮から名古屋まで一里とすこしを歩いて名古屋に至る。

木之本から名古屋まで二日で移動できることを自慢にしているようだが、忍びなら陸路を走り通して一日だ。だが、そんな思いは顔には出さず、常久は、さも、老人の健脚ぶりに感心したかのような表情を作った。

並の老人なら四日はかかる行程だから、大仰に驚いても不自然ではない。

信十郎たち三人はミヨシのあとを追って木之本宿に入った。

このときすでにこの地には、根来衆の影もミヨシの姿もなかった。

「あったで」

道端に立つ祠《ほこら》の裏手から鬼蜘蛛がノッソリと姿を現わした。祠の裏側にミヨシが残した符丁が張りつけてある。暗号を使った一文が記されていた。

「どうやらミヨシは名古屋に向かったようやな」

鬼蜘蛛が繁々と眺めて呟いた。

「ならば我らも名古屋に向かうか」

「そやな。ミヨシの身が心配や。半人前のクセして無茶ばかりしよる」

信十郎は苦笑した。どうやら鬼蜘蛛は、好意を持っている人物に対しては、よりいっそう辛辣《しんらつ》に悪罵《あくば》を浴びせるものらしい。

街道に戻るとキリが旅人と立ち話をしていた。行商人ふうの男だ。一言二言、言葉を交わしてすぐに別れた。行商人は荷を背負い直して立ち去った。

キリが戻ってきた。

「ミヨシは二日前にこの宿場を通過した。根来衆の向かった先は名古屋の附家老、成瀬隼人正の屋敷だ」

立ち話をしていた相手は伊賀者であったらしい。伊賀組は街道を行く曲者《くせもの》どもを監視している。幕府のお抱え忍軍だから当たり前だといえなくもないが、こうしてすぐに現われて正確な報告をよこすのは驚異である。

呆然と突っ立っている鬼蜘蛛にキリが目を向けた。

「なんだ、その、手に持っているものは」

「な、なんでもないわい」

鬼蜘蛛はミヨシが残した張り紙をクシャクシャと丸めた。キリにも見せようと思ったのだが、その必要がなくなった。なにやらミヨシの働きを否定されたみたいで鬼蜘蛛は憤っている。

信十郎は呑気な顔つきで東南の空を眺めた。

「ならば、我らも名古屋に向かうといたすか」

鬼蜘蛛はなお不服げに唇を尖らせていたが、文句も言わずに歩きはじめた。

図らずも、伊賀組の巨大さと精密さを見せつけられる形となったが、今の時点では頼もしい話ではある。

忍びは仲間の支援なしでは活動できない。菊池一族も日本各地に拠点を構えて活動しているが、それらの拠点や忍びたちの協力は期待できない。村八分にされているからだ。

代わりにキリが伊賀者や服部衆を使ってくれるというのなら、これはありがたい話ではあった。

街道をのんびりと歩く。白日は中天にかかり、秋空はどこまでも澄みきっている。寒くもなく、暑くもなく、旅をするには絶好の季節だ。

本来なら、信十郎たち忍びの者は、山ノ道を獣のように突っ走って移動する。のんびりと旅をすることなどない。それなのになぜ街道を旅しているのかといえば、それは根来衆がこの道を通ったからだ。

なにゆえだろう、と信十郎は考える。

街道には武士や百姓衆や商人たちが歩いている。そんな中を忍びの脚力で疾走したら、たちまち噂が立ってしまい、忍び働きを嗅ぎつけられてしまう。だから信十郎ものんびりと歩を進めているのであるが、根来衆たちも当然、似たような足どりで移動せざるをえなかったはずだ。

それでも人目につく可能性は高い。実際に伊賀者に発見された。街道上の旅は、忍びにとってよいことなど何一つとしてない。

キリの意見も聞こうと思い、そのようなことを口にすると、キリは答えず、代わりにいそいそと身を寄せてきた。

「たまにはこういう旅もよい」

すっかりなじんで夫婦者の風情だ。

信十郎は生来の呑気者なので、「まぁ、いいか」という気分になった。考えてもわからないものはわからない。答えはそのうち勝手に出る。「ああ、そうだったのか」と気がつく瞬間がやってくるだろう。

二人の後ろで鬼蜘蛛がブツクサと悪態をついた。

「おしどり夫婦もここまでくると微笑ましいを通り越し、ある意味、気色悪いもんやなぁ」

キリがニヤッと笑って振り返った。

「たまに喧嘩をするのが、仲のよさを保つ秘訣だ」

「誰もそんなこと訊いとらんわい！」

鬼蜘蛛は「ケッ」と横を向いた。

二

紀伊根来衆は内田左近を囲んで名古屋に入った。街道を堂々と、我が身を人目に晒しながら旅してきたのであるが、根来衆からすれば、憤懣やるかたない旅路であったことだろう。

むろん、根来衆の過半は姿を隠している。左近の行列を密かに囲んで、姿も見せず、音もなく移動していく。

さらには、相も変わらず、菊池の忍びが影のように張りついている。その後ろにはミヨシの姿もあった。

ミヨシは異変を感じ取っている。尾張徳川家の領地に近づいたあたりから、謎の集団の気配が見え隠れするようになったのだ。

おそらくは、尾張家附家老、成瀬隼人正配下の根来衆であろう。

秀吉が紀州根来寺を焼き討ちした際、根来僧兵の一部が徳川を頼って東に逃れた。家康は彼らのさらに一部を成瀬隼人正に差配させた。

成瀬配下の根来衆は、成瀬に供して尾張に下り、尾張家の鉄砲隊となった。と同時に尾張徳川家の忍軍にもなった。

紀伊に残って紀伊徳川家に仕えた根来衆とも昵懇である。おそらく、連絡を受けて迎えに来たのであろう。陰ながら一行を護っているのに違いなかった。

一行は本町通りを北上し、名古屋城下に入った。三ノ丸東御門脇の成瀬家中屋敷に向かう。

――あの侍は成瀬に会いに来たのかな……。

怖いもの知らずのミヨシだが、さすがに一行の近くには寄れないので、内田左近の名も身分もわからない。

成瀬屋敷の周辺や内部にも根来衆がびっしりと詰めているらしく、近寄ることすら難しい。成瀬は尾張忍軍根来衆の頭領格である。その屋敷は忍びの城の本丸だ。他国の忍びがやすやすと潜り込めるものではなかった。

――仕方ないな……。

ミヨシは、別の尾張家家臣の屋敷に入り、庭に植えられた赤松の太い幹によじ登った。横に張り出た枝に座って足をブラブラとさせる。ここから眺めているだけでは何も摑めないが、これ以上は近づけない。

――つまんないなぁ。

あくびを嚙み殺しつつ、それでも目だけは成瀬屋敷に向けていた。


成瀬家中屋敷の書院――。

成瀬隼人正正成が入ってきた。内田左近はサッと平伏した。

「長旅、大儀でござったな。面を上げよ」

腰を下ろすなり、成瀬が声を放ってきた。内田左近は顔を上げる。二人はすでに見知った仲だ。

成瀬正成と本多上野介正純は、ともに、家康大御所政権の年寄として活躍していた。内田も折衝役として、成瀬と本多の屋敷のあいだを何度も行き来したものだった。

――互いに歳をとった……。

皺だらけになった顔を見合わせて、内田左近はしみじみと思った。

成瀬はなおさら、年老いたように感じられる。立ち居振る舞いに余裕がなくなった。老人特有のせっかちな物腰である。老人の美点である叡智や思慮深さは感じられず、欠点であるところの短気さだけを発露させている。

悪い意味で老いた。もしかすると耄碌の域にまでさしかかりつつあるのではあるまいか。

「上野介殿はご息災か」

「ハッ、秋田の寒さにも負けず、闊達にございますれば、それがしも席の暖まる暇がございませぬ」

冗談めかしつつ、暗に、正純が野心を棄てきれず、陰謀を逞しく巡らせている旨を伝えた。正純が何事かを謀るとき、手先となって走り回るのが左近だ。その左近が成瀬の許を訪れた、ということは、すなわち本多正純が「ともに事に当たろう」と誘いをかけているにほかならないわけである。

「ふむ……」

成瀬は少し横を向いて、考えるふりをした。内田左近は、成瀬がせっかちになっているのに気づいている。そのまま端的に口に出した。

「上野介は、駿河の中納言様を除こうと謀っておりまする」

「なんじゃと！」

成瀬は驚きをそのまま顔に出した。左近は内心で辟易とした。知謀逞しい駿府年寄だった頃の成瀬は、自分の思いや感情は、けっして顔には出さなかったものだ。

その成瀬がグイグイと身を乗り出してくる。

「いかなる所存か。伝えよ」

「ハッ、上野介が申しまするに、駿河の中納言様は、天下にとっても、尾張家、紀井家にとっても邪魔。早々に取り除くにしくはなし——とのことでござりまする」

「ううむ」

ひとしきり唸って見せた成瀬だが、その顔には『我が意を得たり』と書いてある。

「しかしの、左近。駿河中納言を取り除くというても、そうやすやすとはゆかぬぞ。上野介殿にはなんぞ考えがあるのか。いうまでもなきことじゃが、尾張六十二万石を駿河五十五万石と心中させるわけにはまいらぬ。尾張家の兵力をあてにしておるのであれば、頷けぬところぞ」

「しからば申し上げまする。我が主が申しまするには、『駿河を潰すには、家光公を唆《そその》かすのがいちばんよい』とのこと」

「いかなる所存じゃ」

「はは。我らにとっても駿河五十五万石と忠長様、いかにも煙たくはございまするが、なによりも煙たく感じておられるのは家光公とその御側近衆、中でも、土井大炊頭様あたりではなかろうか、と」

「ムッ」

「駿河と甲斐に広がる忠長様の御領地は、忠長様が家光公に忠節を誓う御舎弟であれば、これは頼もしき親藩、西国の外様大名どもより将軍家を護る楯になりましょうが、もし、忠長様が家光公に反旗を翻すならば、いかなることになりましょうや」

成瀬は大きく頷き返した。

「江戸の喉元に刃を突きつけたも同然じゃな」

「いかにも。西国の大名どもと忠長様が手を結ぶことになどなろうものなら、それは即座に、徳川宗家の滅亡に繋がりまする」

するとと成瀬は「ふんっ」と鼻先でせせら笑った。

「西国大名どもがいかなる動きを見せようとも、西国と駿河のあいだには、紀州家と尾張家が立ちふさがっておる。忠長の待つ駿河までやすやすと行き着けるものではないぞ」

「で、ございますれば」

左近は意味ありげに言葉を切って、成瀬正成を見上げた。

成瀬は訝しげに見つめ返した。

「なんじゃ。つづけよ」

「ハッ、……でございますれば、紀州家と尾張家には、よりいっそう、西国大名どもと仲むつまじくなさり、かつ、忠長公こそ天下の大将軍に相応しき器よ、と、吹聴いたさねばなりませぬ」

「ムムッ、つまりはこういうことか。我らと西国大名どもとで忠長を新将軍に担ぎ上げるふうを装い、家光と江戸の年寄どもの心胆をして寒からしめ、しかして家光に忠長を討たせしめよう——という魂胆か」

「いかにも、ご明察にございまする」

尾張家、紀州家などの親藩と、外様の有力大名どもが揃って忠長に心を寄せれば、家光は激しく嫉妬するであろうし、疑り深くて小心者の土井大炊頭は必ずや、駿河大納言家を取り潰そうと動きだすに違いない。

と、本多上野介正純は、このように計算している。そして正純はこの計略に、紀州家と尾張家も必ず乗ると確信していた。忠長は駿河を領有したことで、家光と、紀州、尾張、三方にとって共通の敵になってしまったのである。

「なるほどの」

成瀬は正純の意図をようやくに呑み込んだようだ。

「つまり、我ら尾張家は何もしなくてもよい。ただ、忠長めを褒めそやすだけで、忠長を除くことができる――と申すのだな」

「御意」

「ふん。いかにも上野介らしい策じゃ」

成瀬隼人正正成は、かつて、本多正純とともに陰謀を巡らせて、大坂城の外堀・内堀を埋めたことがあった。正純の悪知恵の発達ぶりは身に沁みている。

内田左近は上目づかいに成瀬を見つめた。

「尾張様の御領内は、薩摩の島津、肥後の加藤、長門の毛利など、西国の諸大名が通られましょう」

「いかにも」

「皆々、徳川宗家にとっては心安からぬ外様。尾張様におかれましては、それらの外様大名どもをお誘いなされて、駿河中納言様の許にご挨拶に向かわれ、親しくおつきあいをなされるよう、お計らいいただきたく存じまする」

「なるほど。さながら駿府は、第二の幕府のような姿となろううな」

「いかにも、さすれば忠長様は必ずや、家光公の手で討ち取られまする」

「あいわかった！」

成瀬正成は、手にした扇で膝をパンッと叩いて立ち上がった。

「そのように取り計ろうぞ。内田左近、大儀であった」

成瀬は奥に去って行った。内田左近は深々と頭を下げて見送った。

三

下野《しもつけ》国、日光街道、大沢《おおさわ》宿。

乗物（貴人の使用する駕籠）に揺られて天海が旅している。めざす先はいうまでもなく日光だ。

日光東照社（のちの東照宮）の造営は徳川家の力を尽くして進められている。

家康は死期にあたって「大規模な霊廟などいらない。小さな墓標だけで十分」と遺言を残した。豊国廟を造営し、財政を傾かせて滅亡した豊臣家と同じ過ちを犯してはなるまい、という配慮であった。

天海という男は、家康の構想を具現化する智嚢として徳川家に仕えた。家康が漠然と「こういうふうにしたいんだが、どうしたらいいだろう」と思っているところに、具体的で有効なプランを提示するのが仕事であった。

それが側近の役目であるから、家康の希望を裏切ったことなど一度もない。

その天海が初めて、家康の遺言を無視しようとしている。日ノ本一の霊廟を建立し、徳川家の威信を天下に知らしめる。たとえ、徳川家の御金蔵が空になったとしても、これだけは、やり遂げねばならないのだと確信していた。

街道の日光側から一人の山法師が降りてきた。右腕を失っているようだ。日光颪《おろし》の秋風に空《から》っぽの袖をなびかせている。

山法師は天海の行列を待ち受け、道端にぬかづいた。

天海は駕籠を寄せると引き戸を開いた。

「どうであった」

声をかけると山法師は深々と拝礼して答えた。

「高台院尼様、ご落命にございまする」

「左様か」

天海もまた、感慨深げにして、視線を遠くに据えた。

やがて、自分が僧侶であったことを思い出したらしく、数珠をたぐり出して揉みながら西を向き、経文を唱えた。

読経を終えると、また、鋭い目つきに戻る。

「そのとき、高台寺には、なんぞ変わったことは起こらなんだか」

「何事も」

山法師は顔を伏せたまま即座に答えた。

「誰ぞ、高台院尼を看取りに来たりはせなんだのか」

「どなたもまいられませぬ。お寂しい最期にございました」

「左様か。大儀であった」

天海はパタリと引き戸を閉めた。駕籠が上がる。平伏したままの山法師を置き去りにして、行列は日光へ登って行った。


隠形鬼は顔を上げた。

あの若造との決着は自分でつける。そう決意している。

秀吉の遺児が生きている、などと知ったら、天海は度を失って狂騒するであろう。配下の者どもを根こそぎ動員して討ち取ろうとするに違いない。

——それはあまりにも邪魔くさい。

隠形鬼はユラリと立ち上がった。腕の傷痕に秋風が染みる。

「我が腕の仇である。あの男は、わしが一人で倒してやる」

そう呟くと寒風の中、街道を辿って去った。


名古屋は対豊臣戦の前進基地として構築された軍事都市だった。城と武家屋敷があるだけで、まともな町家も旅籠もない。

そもそも名古屋は東海道の宿場ですらない。東海道は一里ほどの距離を隔てた南を通っていて、宮《みや》ノ宿《しゅく》が置かれている。皮肉なことに宮は東海道随一の宿場である。三種の神器のうちの一つ、草薙の剣《つるぎ》を奉じた大神宮、熱田社の門前町でもあり、参詣人はひきも切らず、荒涼とした風景の名古屋とは裏腹に、華やかな殷賑ぶりを誇っていた。

信十郎たち一行は宮に入った。

根来衆が成瀬屋敷に向かったことはわかっているが、名古屋などには普通の旅人は足を向けない。用があるのは御用商人か、尾張徳川家中の知人や親戚だけである。金の鯱は大名物だが、この時代の旅人は理由があって旅をする者たちであり、物見遊山などは滅多にしない。

さらにいえば、名古屋にうっかり踏み込んで隠密かと怪しまれ、拘禁されて取調べなど受ける羽目になったら目も当てられない。

旅人を装う信十郎たちも名古屋に近づくのは難しかった。夜になるのを待つことにして旅籠に入った。

鬼蜘蛛はミヨシの符丁を探しに出て行った。キリも伊賀者と連絡を取りに行ったようで、いつの間にか姿を消している。

信十郎だけすることがないので暇である。二階から街道を眺めたりしていたが、ふと、思い立って外に出た。

信十郎は熱田社の水垢離《ごり》場に足を向けた。善男善女が褌一丁、襦袢《じばん》一枚になって川につかり、水を頭から浴びていた。

神社の神域に入る際には、禊《みそぎ》をして、水で穢《けが》れを流さねばならない。今日でも手水《ちょうず》場で手を洗ったり口を漱《すす》いだりするが、正式には全身に水をかけるのが習わしであった。

信十郎は、熱田の宮に参るつもりもなかったが、旅の汚れは落としたかった。湯に浸かるより冷水のほうが心地好い——と、そう感じる男でもあった。

刀を鞘ごと抜き取り、着物を脱いで褌一丁の裸になる。身の丈六尺の体軀、全身、鋼のような筋肉で覆われている。善男善女が目を見開いて見惚れた。

水垢離場に飛び込んでザブザブと水を浴びる。ある意味で傍《はた》迷惑ではあるが、信十郎という男には、周囲の人間を晴れやかにする明るさがあった。まして熱田の宮は武神を祀る社である。勇壮な男は尊ばれこそすれ、忌み嫌われることはない。

そんな信十郎の姿を、遙か彼方から眺めていた男がいた。

馬の鞍に跨がった武士が美濃路を南下してくる。装束は高級な仕立てで、十名ほどの家士を引き連れていた。

裃に付けられた家紋は三階笠。尾張徳川家剣術指南役、柳生兵庫助利厳《やぎゅうひょうごのすけとしよし》であった。

「八郎《はちろう》、あの男が見えるか」

八郎と呼ばれた家士は、歳は二十五ほど、木綿の袖無し羽織に半袴を着けている。身分は低いが信頼は厚いらしく、行列では利厳の脇につけている。剣術で鍛えた筋肉は着物の上からでもよくわかる。面魂も不敵そのものであった。

その八郎が不思議そうな顔で馬上の利厳を見上げた。

「どの男のことでございましょう」

利厳ははたと気づいた。馬上の自分からは、遙か十町彼方の水垢離場が見えるが、道に立つ者たちからは見えない。

利厳にしても、十町先の人の姿だから、胡麻粒のように小さくしか見えない。それでも、武芸者として鍛え抜かれた視力は特別である。男の身のこなしが、手足の使いようが、只事ならぬのを見抜いていた。

「八郎よ、熱田の宮の水垢離場に男がいる。どこに投宿しておるのか調べてまいれ。直に訊ねるではないぞ。密かにあとを追《つ》けるのだ」

「どのような男にございましょう」

水垢離場には、常に参詣の者たちが何人もいる。

「行けばわかる。只者ではない。一目でわかろう」

「はっ」

八郎は低頭し、勢いよく走り去った。

利厳は馬をとめたまま、問題の男を睨みつづけた。

——もしやすると、あの男ではないのか……。

節目節目に現われる不穏な影。二十数年前に邂逅《かいこう》し、生涯の敵となることを直感した男。

「殿、まいりませぬと」

いつまでたっても馬を進めぬ利厳に、家士の一人が注意を促した。

「うむ。左様であったな」

今日はこれから年寄（家老）の渡辺重綱《わたなべしげつな》と会食せねばならない。利厳も、加藤家に仕えていた頃の無軌道な若者ではない。尾張領の有力者との約束は反故《ほご》にはできなかった。ほんとうなら今すぐ馬を走らせて、水垢離場の男の正体を確かめたかったのではあるが。


夜になり、旅籠にキリと鬼蜘蛛が戻ってきた。

「いい湯であったぞ」

キリは湯上がりの肌からホコホコと湯気を立てつつ窓辺に座った。鬼蜘蛛はいつものように不景気な顔をして座り込んでいる。

「ほんなら、わしからや。ミヨシの繋ぎやで」

鬼蜘蛛は懐から紙切れを出した。どこに隠してあったのか、苦労して見つけ出してきたようだ。

「なんと書いてある」

「……根来衆は木之本で、北国から来た武士と合流したそうや。なにやらたいした貫禄らしいで。根来どもはそやつの指示を仰いでおったらしい。成瀬屋敷に向かったのも、この武士の指示らしい、ということや」

キリが「ほう」と声をあげた。

「ミヨシめ、なかなかの働きだな」

「当たり前や。菊池の娘やで。ナメとったらアカン」

いつまでもミヨシを未熟者扱いしたうえに、単独先行を許したキリにまで文句をたれていたのに、そんな昔はすっかり棚に上げて悪態をついた。キリは、鬼蜘蛛の微妙な心の動きを思いやって、意味ありげに薄笑いを浮かべている。

信十郎は思案しながら口を開いた。

「なるほど、街道を旅したのは、その武士がいたからか」

武士の足腰では、山ノ道を上り下りするよりは、平坦な街道を進んだほうが早い。

キリも薄笑いを引っ込めて訊ねた。

「どこの何者なのかはわからぬのか」

「わからんわ」

根来衆も盗み聞きを恐れて、男の素性の知れるようなことは口にしないであろう。それに彼らはその男がどこの誰なのか知っているわけだから、わざわざ素性に触れる必要もない。

「今度はオレだな」

　キリが鬼蜘蛛のあとを引き取った。

「一行は昨日の昼前、東に向かって発ったそうだ、もう、名古屋にはいない」

「なんやて」

「成瀬屋敷で密談が交わされた事実《こと》は、摑んでおる。だが、成瀬は根来鉄砲同心の頭だ。根来どもの警備が厳重で、忍び込めなかったようだ」

　徳川幕府の忍びたちは親藩筆頭の尾張家まで監視している。そして尾張家は、徳川宗家が放った密偵と知りつつ、伊賀者を狩りたてているようだ。徳川家の暗闘はどこまでも根深い。

「それでは、我らも東に向かうとするか。……妙な男にあとをつけられたしな。この宿場には長居しないほうがよさそうだ」

　信十郎がそう言うと、鬼蜘蛛が目を剝いた。

「どんな男や」

「武芸者のようだった。足の運びが十兵衛に似ていた。尾張柳生の者かもしれん」

　練達の武芸者であろうとも尾行は素人だ。すぐに気づいた信十郎は、宮ノ宿の混雑に紛《まぎ》れて身を隠した。

「油断も隙もあったもんやないな」

信十郎が油断丸出しの行動をとったからこそ人目についてしまったのだが、そうとは知らぬ鬼蜘蛛は、尾張六十二万石の諜報能力に身震いをした。

四

信十郎たち三人は、ミヨシが残した符丁を辿りつつ、東海道を東へ向かった。

途中、なにやら妙な具合に、街道全体がざわつきはじめた。

「どうしたんや」

気になった鬼蜘蛛が走り回って、街道の旅人たちから情報をかき集め、戻ってきた。

「薩摩守の参勤行列が来るらしいで。皆が慌てて逃げ散っとるのはそのせいや」

薩摩の兵はよくいえば勇猛果敢、悪くいえば残虐無比、蛮勇でもって知られている。

戦国の遺風の残るこの時代、大名行列は行く先々で乱暴を働いた。喧嘩口論、抜刀騒ぎは日常茶飯事である。まして島津家は琉球に侵攻して凱旋したばかりだ。いつにも増して意気軒昂に血気を逸《はや》らせているはずである。旅人や宿場の者たちが怯えてしまうのも無理はなかった。

キリが、無関心な顔つきで呟いた。

「琉球征伐の戦果報告をしにきたのであろうな」

江戸の将軍に報告しないと、私戦と受けとめられて武家諸法度にひっかかる。

「かまわん。進もう。追いつかれなければよいだけの話だ」

そう言って信十郎は東海道をさらに東に進んだのだが、駿府城下に達したあたりでついに立ち往生してしまった。

今度は東へ進もうとした旅人たちが押し戻されてくる。西からも東からも旅人がやってきて、街道は大混乱、進むも戻るもままならない。

いったい何が起こっているのか、と鬼蜘蛛が走り、すぐに戻ってきた。

「驚いたわ。今度は加藤家の行列や」

江戸から肥後に戻ろうとする加藤忠広の大名行列と、江戸に向かおうとする島津家久の行列が駿府城下で鉢合わせをしてしまったのだ。

前述したように、この頃はまだ参勤交代の制度は整っていない。大名たちはいつでも好きなときに届けを出して江戸にやってくるし、いつでも好きなときに届けを出して領国に帰る。

街道におけるルールも確立されていない。時代が下がると大名たちも道中でのトラブルを避けるようになり、何事も穏便にすますようになったが、この時代の大名行列は違う。荒々しい武威を見せつけることこそを最上の価値と考えている。

旅人たちは荒大名を恐れて右往左往しているし、大名同士は先駆けの者が火花を散らしあっている。敵対するヤクザの組が道でバッタリ出くわしてしまったようなものだ。下手をすると収拾がつかなくなる。

「どないする」

鬼蜘蛛が信十郎に訊ねた。ちょいと脇道にそれればやり過ごすことができる。彼らは忍びであるから山道を伝って旅をつづけることも可能だ。

しかし、信十郎は太平楽そのものだ。

「すこし、見物していこうではないか」

などと呑気そうに言った。

義兄弟でもある加藤忠広と、奄美大島を征服した島津家久、そして駿府五十五万石の太守となった忠長の器量を測るのに、ちょうどいい機会だと感じてもいたのである。

駿府城下に二つの大名家が入ってきた。駿河家中の使者が双方の行列に向かって走っていく。

「どうぞ、こちらにございます」

「うむ」

加藤肥後守忠広は、駿河中納言家の家臣に案内されて、駿府城本丸御殿大書院に向かった。

玄関を上がり、広間に進む。この御殿は、大御所徳川家康の居館として建てられたものだ。ある意味で江戸城本丸御殿よりも格式の高い造りになっている。まさに天下人のための城なのだ。

加藤忠広が広間に入ると、先に島津家久が着座していた。

「これは……」

無意識のうちに忠広は、家久に対し、挨拶をする形をとった。

「薩摩守殿、お久しゅうござる」

家久は目の端でチラリと忠広を見た。

「肥後守殿か」

うむ、と顎を引いて軽く挨拶を返してよこす。忠広は恐縮しきって拝跪した。

人間の格の違いが明らかである。石高もほぼ拮抗し（奄美を蔵入れ地として幕府に認定してもらう以前の島津家は五十万石程度)、官位もほぼ同じ薩摩守と肥後守だ。なのにまるっきり態度が違う。まさに大人と子供であった。

加藤忠広は慶長六年(一六〇一)、関ヶ原合戦の翌年に生まれた。母は菊池一族、玉目丹波守《たまめたんばのかみ》の女《むすめ》、正応院《しょうおういん》。

次男ではあったが、兄の忠正《ただまさ》が死亡したため継嗣となる。

慶長十六年(一六一一)、父、清正の死去にともない二代藩主となるが、このときはまだ十歳の子供だった。実権などどこにもなく、加藤家は重臣の合議制となった。だが、張りと意気地が身上の戦国武士たちに合議制など取れるはずがない。『力こそ正義』『敵をぶっ殺した者が勝ち』が彼らの信条だ。家政は混乱し、お決まりの御家騒動が勃発する。これを『馬方牛方騒動《うまかたうしかた》』という。

事態を重く見た徳川幕府は、二人の旗本に藤堂高虎を付けて送り込み、加藤家の政治を肩代わりさせた。一時的に幕府の預かりとしたのである。藤堂高虎は、盟友、加藤清正の遺児のために骨を折って、どうにかこうにか御家騒動を鎮定した。

それにしても藤堂高虎という男、この時期、どんな問題にでも首を突っ込んで活躍している。『八面六臂』では顔と腕の数が足りない。江戸初期の日本国では、最も有能な政治家だったのではあるまいか。

その忠広も二十三歳（満年齢）になったのだが、清正のカリスマ性からはほど遠い凡将である。清正が駆り集め、あるいは清正の武名を慕って仕官してきた英傑揃いの家臣団を束ねる力量はどこにもない。

馬方牛方騒動の余波は未だ収まらず、家中に憤懣が燻《くすぶ》っている。

一方の島津家久は、文禄慶長の役では明軍十五万に数千騎で突撃し、見事、これを撃退した英雄である。そしてまた慶長十四年（一六〇九）には、一大名家の兵力のみで、琉球国という独立国に勝利した。

そんな家久の目から見れば、忠広など取るに足らない青二才。自分の家中すらも纏められない碌でなしだ。まともに挨拶を返す気にもなれないのだろう。

家久が正面を向いて口を閉ざしてしまい、声をかけても返事を返してもらえそうにない雰囲気なので、忠広もいたしかたなく、広間の上座を向いて黙然と座った。

駿府の城主が客を謁見する広間は、上段の天井が二重折上《にじゅうおりあげ》小組格天井《こぐみごうてんじょう》になっている。

これは最も格の高い様式である。江戸城の天守閣、本丸御殿、二条城、名古屋城の本丸御殿など、将軍、あるいは大御所の御座所として造られた建物の、最上段の間にしか見られない。

本来なら中納言忠長は、将軍家光に遠慮をし、この御殿と大広間の使用は控えるべきなのである。ちなみに尾張徳川家は、名古屋城本丸を『将軍の城』と定義して使用せず、歴代藩主は二ノ丸に御殿を築き、そこで藩政を執っていた。忠長も同じように配慮をするべきなのだ。

しかし、そこが忠長である。ノシノシと上段ノ間に登場し、二重折上の真下にドッカと腰を下ろし、下ノ間に控えた大名二人を睥睨《へいげい》した。

「参勤の儀、大儀である」

天井が突き抜けるような大声を張りあげた。二人の大名は思わずサッと拝跪した。

この『参勤の』意味は微妙である。たしかに二人は、江戸に参勤する途上と帰り道。将軍の弟から参勤を労《ねぎら》われても不自然ではない。

だが、かつて家康が座っていた御座所から、参勤ご苦労と言われると、なにやらこの駿府城の、忠長の許へ参勤してきたようにも感じられてしまう。外様大名二人としては、少々困った展開だ。

それなら、忠長など無視してしまえばよいのか、といえば、そうもいかない。

将軍家光は病弱であり、命に関わるような大病にたびたびかかる。さらに困ったことに家光は衆道狂《しゅどうぐる》いでいまだに子供を作っていない。

家光に万が一のことがあれば、後を継いで四代将軍となるのは忠長だ。それがわかっているからこそ忠長を無視するわけにもいかず、こうして駿府に登城して、親しく挨拶をしなければならない。

外様大名としては扱いに困る、ひたすらに胃の痛くなる相手なのだ。

島津家久は、不敵に腹を括《くく》っている。一方の忠広はただただ狼狽していた。


広間の庭には二家の家臣たちが居並んでいた。忠長の計らいで陪席が許されたのだ。むろんのこと、我が身の偉容を知らしめるためであり、あるいは大名家の家臣たちを歓待して味方に取り込もうという策でもあった。

後列の、中級藩士たちの群れの中に信十郎の姿があった。いつものごとく、忠長の家中の前では、島津家の家臣のような、加藤家の家臣のような顔をして、駿府城内に潜り込んだのである。

大広間は障子や襖が開け放たれていて、忠長と大名二人の様子がよく見えた。

――だいぶ、お困りの様子であるな。

とは思ったものの、忠広ももう大人だ。自分の力で難局を乗り切っていってもらうよりほかにない。

つづいて信十郎は、城内の気配に意識を向けた。

——忍びの類《たぐい》は、入り込んでいないようだ……。

怪しい気配は感じられない。

忠長は甲府を領しているので、武田信玄に仕えた忍びの裔《すえ》を多く抱えている。しかし、その者たちの姿もまた、城内のどこにも感じられなかった。

駿府の忍軍は、例の根来衆に気づいて、出払っているのかもしれない。

いずれにせよ、根来衆と謎の武士は、駿府城を素通りしたようだ。忠長と忠広の元気そうな様子も確認したし、もう、この城に用はなかった。


島津と加藤の藩士たちに混じって城を出る。鬼蜘蛛が迎えに来た。

「どうやった」

「この城には立ち寄っておらぬな」

鬼蜘蛛は懐からミヨシの符丁を出した。

「東へ東へと進んだようや。いったい、どこまで行くつもりなのやろ」

「まるで糸の切れたイカだな」

信十郎は苦笑いした。九州の一部地方では凧《たこ》のことを烏賊幟《いかのぼり》と呼んでいる。

「ミヨシのやつめ、心配ばっかりかけさせおってからに……」

そこへキリが音もなく現われた。

「ミヨシが悪いのではあるまい。我らも東へ向かうぞ」

「お前に言われるまでもないわい」

鬼蜘蛛は下唇を突き出した。ミヨシを先行させてから、ずっと機嫌が悪い。キリは忍びやかに笑っている。

五

結局、信十郎たちは江戸に戻って来てしまった。鉄砲洲の商家（隠れ宿）に帰り、草鞋《わらじ》を脱いだ。

だが、根来衆の旅は江戸で終わりではなかった。隠れ宿にもミヨシの姿はない。

「北へ向かった、だと？」

キリが珍しく怒気を露《あらわ》にさせた。彼女なりにミヨシの身を案じているのかもしれない。

　商家の座敷でキリの前に服部の下忍らしき男が平伏している。江戸に入った根来衆の姿は、伊賀組の防諜網にも当然ひっかかった。伊賀組は追跡と探索を開始して、根来衆が日光街道を北に進んだのを確認した。と、報告してきた。

　せっかく帰って来たのに、また、旅立たねばならないらしい。

「ほんとうに、糸の切れた凧だ」

　キリは餅肌の頬を膨らませた。

「ほんなら行こうかい」

　鬼蜘蛛はせわしく、背中の笈《おい》を背負い直している。今にも飛び出していきそうな勢いだ。ミヨシの身が心配でならぬのだろう。

　信十郎も金剛盛高を摑んで腰に差し直した。

　街道に出て北に向かう。江戸城下を通過して筋違《すじかい》御門から北へ抜けた。

　千住で荒川、あるいは千住川を渡る。千住大橋は文禄三年（一五九四）に架けられた。徳川家が江戸に架けた最初の巨大河橋である。

　この当時の荒川とは、現在の隅田川のことである。ちなみに現在、荒川と呼ばれているのは荒川放水路だ。現代人が荒川と呼んでいるあの巨大な河川は、大正時代に農地を買収して掘られた人工河川で、この当時にはまったく存在していない。

またまた余談だが、この当時の荒川・隅田川は現在のように大きな川ではない。

この話の五年後の寛永六年に徳川幕府は、入間《いるま》川と荒川の流れを合わせて巨大河川を作り上げ、江戸に大量の水を流して水運に必要な水量を確保させた。それ以前の隅田川はもっともっと細い川であった。

江戸の隅々まで掘割が張りめぐらされたのは寛永六年以降で、この話の頃の江戸はまだ、カラカラに乾いた土地だったのである。

この大工事に携わっていたのが、関東郡代の伊那《いな》家と、関ヶ原合戦ならびに大坂の大戦、さらには幕府の大名取り潰し政策で大量に発生した浪人たちである。

荒川あるいは千住川が下流に下ると、浅草の手前あたりで隅田川に名称が変わる。

ちなみに『隅田川』は、下総国の住人の呼称であり、武蔵国の住人は浅草川と呼んでいた。この川は下総と武蔵の国境である。武蔵と下総の両国に跨がって架けた橋を両国橋という。

さらに下ると河口近くで大川と名を変える。それでは隅田川、あるいは浅草川の、どこからが大川なのかというと、これが諸説あってわからない。江戸時代にもはっきりとは決められてはいなかったらしい。これには当時の人も困ったらしく、落語のネタにもされている。

秋の日は短い。もう、日が傾いている。荒川の水面が黄金色に輝いている。岸辺ではススキの穂が波うっていた。

橋を渡り切った所で行商人に声をかけられた。笠をちょっと持ち上げて、にんまりと微笑みかけてくる。水面の照り返しを受けて日焼けした顔が鮮明に見えた。

「鳶澤《とびさわ》殿」

「古着の御用はございませんかえ」

鳶澤甚内《じんない》は蕩けるような笑みを満面に浮かべておどけた。

思わずつり込まれそうな笑顔だが油断はならない。鳶澤甚内の正体は忍び。忍びが笑っているのは、緊張しているときか、相手を騙そうとしているときぐらいであろう。

戦国時代、関東の大半を領していたのは小田原の北条《ほうじょう》家であったが、その北条家に忍軍として仕えていたのが関東乱破《らっぱ》（忍び）の風魔《ふうま》衆である。

北条家が豊臣秀吉に滅ぼされたのち、行き場をなくした乱破者たちは盗賊や追剝などに身を落とした。新しい領主として乗り込んできた徳川家康は、風魔討伐を決意して配下の伊賀、甲賀の忍びを放った。風魔は家康に降伏し、その配下となり、関東郡代の伊奈家に付けられた。

今では風魔も徳川に忠実な影目付として、関東に広がる天領（徳川領）の警備に当たっている。その頭目が鳶澤甚内であり、古着商として関東各地を行商するふうを装いながら、関東に入ってくる曲者どもに目を光らせていたのであった。


「ご息災でしたか」

信十郎が挨拶すると、鳶澤甚内は微妙な顔つきで笑った。

「ええ、まあ。怪しい者どもがしょっちゅう往来しますのでね。いたしかたもなく、こうして毎日、達者に走り回っておりますわい」

関東乱破も当然に、根来衆の怪しい動きは摑んでいるのに違いない。

さらにいえば、鳶澤甚内にとっては信十郎たちも『怪しい者』なのである。ある意味では最も怪しく、絶対に目の離せない男ではあろう。

甚内は北方に広がる関東平野に目を向けた。秋空の向こうに日光の山並みが微かに見えた。

「しかし、まあ、そんな怪しいお人たちに支えられておるのが、今のお江戸と天領でございますからね」

大量の浪人や流れ者たちを労働者として働かせて、河を切り開いたり、農地を開墾したり、濠を掘ったり町を作ったりしている。

それどころか。江戸城の本丸工事に従事している人足たちは、外様大名が動員した他国者たちであり、ほとんど全員が間諜《スパイ》になりうる存在なのだ。

「曲者だとわかっているなら討ち取ってしまえばよろしい、と左様お考えになりますわな。しかし、我らの主、伊那忠治《ただはる》様はこう仰います。『曲者を討ち取れば、江戸周辺に毎日毎日、死体が転がることとなる。これでは余所者が恐ろしがって寄りつかぬ。余所者に大勢集まってもらい、働いてもらわねば、江戸と周辺の開発は進まぬのだ』とね」

「なるほど、道理ですな」

信十郎と甚内は、乾いた声で笑った。

「曲者どもは『怪しまれてはなるまい』と思うのでしょうなぁ、人の何倍も真面目に働きます。悪だくみさえしなければ、これほど結構な人足はいないわけでして」

半泣き半笑いの表情で鳶澤甚内は愚痴をこぼす。

「ご苦労はお察しします」

「これはご丁寧に」

二人はぎこちなく頭を下げあった。

「それで、根来の者たちは北へ向かいましたか」

「あらかたね。……しかし、あちこちの飯場で、一人抜け、二人抜けして、数を減らしておりますわ。古着と違って札を付けとくわけにもいかん。飯場の人足に紛れ込まれてしまったら手に負えません」

「なるほど」

根来衆は少人数ずつに分かれて、江戸の周辺に潜り込もうという算段のようだ。

橋詰で立ち話しているところへ、エッホ、エッホと駕籠が担ぎ込まれてきた。甚内の後ろで停止する。

甚内はニコッと笑った。

「これ、お返しします」

駕籠が傾けられ、中からゴロンと少女が転がり出てきた。後ろ手に縛られ、猿ぐつわを嚙まされている。

「ミヨシ!?」

信十郎は目を丸くした。鬼蜘蛛が慌てて駆け寄り、ミヨシを抱き起こす。キリは呆れ顔で見下ろしている。

「やはり、信十郎様のお供の方でしたか。知らぬこととは申せ、手荒なことをしてしまいました」

甚内は恐縮しているが、仲間を惨めに捕らえられた信十郎たちのほうこそ恥じ入るべき場面である。それが忍びというものだ。これはとても恥ずかしい。

「それでは、たしかにお返ししましたぞ。……ああ、それから」

甚内はなにやら、喋りづらそうにしている。

「これは、キリ様にだけ、伝えておきましょうかね」

信十郎は首を傾げた。

「わたしには言えぬことですか」

「まぁ、そのような話です」

甚内はキリに近づいて耳元でなにやら囁いた。

途端にキリの顔面が蒼白になった。もともと色白なのだが、血の気が引くのがはっきりと見て取れたのだ。さらには一瞬、表情が般若の面のように険しくなった。

一体全体、キリをあそこまで激怒させる話とはなんなのか。気になったが、教えてくれないものは仕方がない。

甚内は信十郎に向かって頭を下げた。

「それでは、我々は引き続き、ヤツめらを追います」

「お気をつけて。ご道中お達者に」

甚内は手下の駕籠屋を引き連れて、広漠たる関東の原野の中に消えていった。


夕闇が迫った。風が急に冷たくなった。

ミヨシはすすり泣いている。捕らえられた恐怖が身に堪えたのか、それとも、捕らえられた屈辱に耐えかねているのか。

鬼蜘蛛がしきりに介抱している。しつこすぎるくらいだ。そっとして泣かせておいてやればよいのに、と、信十郎は思った。

「我らも帰るか――」

と言いかけたときにはもう、キリは一人で千住大橋を渡りはじめている。背中には、他人を拒絶する刺々《とげとげ》しさを漂わせていた。

――な、何があったのだ……!?

鳶澤甚内に何かを伝えられた瞬間から、明らかに様子がおかしい。伊賀服部家にとってつもない事件でも勃発したのか。

泣きじゃくるミヨシとしつこくかまう鬼蜘蛛と立ち去るキリ。信十郎はひとりぼっちで途方に暮れた。

六

江戸城神田橋御門の内、土井利勝の上屋敷。深夜にもかかわらず微行してきた柳生宗矩《むねのり》が利勝の前に拝跪している。

宗矩はこの頃、徳川家の諜報を担当していた。取り潰された服部半蔵家や、堕落する一方の甲賀組に代わって、全国の諸大名の内情を探っていたのだ。

忍者の代わりに宗矩が使役していたのが武芸者である。徳川家御家流となった新陰流の武芸者たちは、諸藩に請われて剣術指南役として出向している。あるいは回国修業と称して全国を巡っていた。

彼ら、柳生の高弟たちはやすやすと大名家に潜り込み、その地の武士たちと交わって情報を集めてくる。そして宗矩の許に伝えるのだ。宗矩は江戸に居ながらにして、諸国の内情に精通することができた。

土井利勝は下座に拝跪した宗矩を見つめている。

「これはまずいの」

宗矩が上申してきた報告を聞いて、即座にそう断言した。

島津家と肥後加藤家が忠長と親交を深めている、という。しかも、彼らの仲立ちを図っているのは尾張徳川家であるらしい。尾張の義直と紀州の頼宣は仲がよいから、兄である義直に弟の頼宣は必ず従うだろう。実質的に、駿河から薩摩まで、一本の同盟体制が敷かれたことになる。

西国大名は面従腹背の者どもだ。忠長が有利と見れば、即座に寝返るであろう。駿河から西はすべて敵となる。しかもまずいことに地理的に見て、天皇家と朝廷まで、あちら側に囲い込まれているではないか。

「大儀にござった。これからも励まれよ」

宗矩を下がらせた利勝は、即座に登城し、番頭《ばんがしら》たちを招集した。番頭は徳川軍の大隊長である。徳川軍はこの頃、大番と書院番、小姓番とで構成されていた。書院番と小姓番が将軍の馬回り（親衛隊）、大番が実戦部隊だ。

利勝は番頭たちと連名で『諸隊番士法度』を布告した。直参旗本、御家人たちに綱紀の粛正を通達したのだ。平和にだらけきった武士たちにカツを入れて引き締める。武士らしからぬ振る舞いに及んだ者は、容赦なく厳罰に処した。

徳川幕府と日本国に何かが起こる際、その直前に何度もこの法度が出されることになる。これが出ると直参も諸大名も、幕府は何かを始めようとしている、と緊張した。

九月八日には、先手組が甲冑《かっちゅう》に身を包み、家光の前で弓術、鉄砲の技を披露した。家光のお目にかける前には、猛特訓が繰り返されたことはいうまでもない。甲冑姿の武士たちが演習に向かい、終日、江戸周辺で鉄砲を撃ち放つ。そんな光景が連日目撃されたのだ。

言葉どおりに、きな臭い空気が江戸の町を包み込む。戦乱の兆しに人々は怯えた。


この時点で土井利勝と柳生宗矩は、本多正純と成瀬正成の思惑にまんまと乗せられていたことになる。このままの状況で推移すれば、家光と忠長は手切れとなり、忠長は家光に討ち取られていたことであろう。

忠長が頼みとする西国大名たちは、紀伊と名古屋で食い止められる。頼宣も義直も忠長に与《くみ》するつもりなどまったくない。忠長は孤立して攻め潰されていたはずだ。

だが。

正純、成瀬が練り上げた策略を、ただの一撃で打ち破った者がいた。

家光である。

家光はこのとき、江戸城吹上の水戸邸にいた。

本丸の落成が遅れている。ここ数年来の天候不順で思うように年貢や人手が集まらない。さらには越前忠直の謀叛疑惑で、前田家など多くの大名家に軍事動員の内命を下した。そのたびに大名たちは江戸城建設を放り出して帰国した。

さらには徳川家臣団筆頭、本多正純の失脚により、正純が担当していた政務に空白が生じた。それの手当にも時間がかかった。その間ずっと、正純が監督していた工事は中断していた。

甲子革令の年に間に合わせようと上洛し、将軍宣下を強行したので、さらにまた江戸城建設が放置された。

天海は上野と芝の大寺院建立ならびに日光東照社造営のために、人員と予算と材木を引っこ抜く。関東郡代、伊那忠治は天領開発のために、やはり人員と予算を持っていってしまう。

もともと、一朝一夕に完成させられる城ではないのだが、せっかちな家光としては、「いい加減どうにかならんのか」と言いたくなることの連続だった。

本丸が完成しないので、西ノ丸に移ったり、本多忠政《ただまさ》の上屋敷に居候したり、水戸頼房《よりふさ》の屋敷に転がり込んだり。もう、「これが天下人の生活なのか？」と問い質《ただ》したいことしきりであった。

それはさておき、水戸邸の御殿は家光と近臣たちのために明け渡されている。家光

は将軍であるから、一時、この水戸邸が幕府の本営だったことになる。

秋の短い日が落ちて、御殿は闇に閉ざされた。小姓番たちが燈しに火をつけて回っ

ている。

水戸頼房が客との対面や使者の引見に使う対面所が、将軍家光の御座所になってい

る。頼房はこのとき、左近衛権中将であるから、その身分、格式に則《のっと》った造りになっ

ていた。二重折上小組格天井など夢のまた夢だ。

薄暗い対面所には、さらに陰気な顔つきの男たちが座っていた。家光附年寄、土井

利勝と、剣術指南役、柳生宗矩である。

利勝も宗矩も不機嫌そうに黙り込んでいる。小姓番たちが火を燈し終えて去って行

っても、まだ口を開こうとはしなかった。

家光の決断を待っているのである。

――弟か。

家光は、忠長の顔を思い浮かべた。

才気走った小ヅラ憎い弟である。兄弟としての親愛の情などまったく感じない。長年にわたって兄である家光を差し置いて、三代将軍候補に上げられつづけた男だ。家光は一時、自分が父の跡を継げないことに絶望し、自害を図ったことまであった。

その弟が、相も変わらず人望を集めているという。宗矩の調べたところによると、先日は島津家久と加藤忠広を城に迎え、さながら将軍が諸大名を引見するがごとき儀式まで挙行した——という。

許されざることである。ご処分を、と、土井利勝と柳生宗矩が言う。

家光としては、自分は将軍になったばかり、忠長は駿府城主になったばかりだ。めでたいことが重なった年に、なにもわざわざ兄弟相剋の騒動を起こすことはないのではないか、と思っていた。

忠長も嬉しさのあまり、つい、羽目を外してしまったのであろう。

常々、羽目を外しまくっている家光としては、「あやつにも俺と同じ粗忽者《そこつもの》の血が流れておったのだな」などと微笑ましくすら感じてしまうほどだ。

家光は、祖父の家康を尊敬している。崇拝している。

その家康が愛読書にしていたのが『東 鑑《あずまかがみ》』、鎌倉幕府の公式史料だ。

東鑑を読んで、誰しもが感じるであろうことは、「どうして頼朝は、義経を上手に使ってやることができなかったのか、天才武将の義経と、偉大な政治家の頼朝が組めば怖いものなしであっただろうに」ということである。

当然、家光もそのように読み取っている。だから忠長のことは、極力大目に見て、我が片腕として使ってやりたいと思っていた。

しかし、それではいけない——と土井利勝が言う。

「駿河中納言様は、義経にあらず、足利直義《ただよし》にござる」

と断言した。

足利幕府を開いた初代将軍の足利尊氏《たかうじ》には、直義という有能な弟がいた。大気者の尊氏は、弟に政治の大権を委《ゆだ》ねたのだが、それがゆえに内戦状態に陥ってしまった。兄と弟で戦争になってしまったのだ。

室町幕府の政権が安定せず、常に弱体で、のちに戦国時代を招いてしまったのも、元はといえば尊氏が弟を優遇しすぎたことに原因があった。兄をも凌ぎかねない弟は早々に取り除くのに限る。これが歴史の教訓だ——と、利勝は言う。

家光は頭を抱えてしまった。

それはすなわち、頼朝のように残酷に、弟を殺しなさい、ということではないか。家光という男の精神構造は、そのような残虐非道に耐えられるようにはできていない。

──考え直せ、大炊頭。

と、叱りつけたいくらいなのだが、老練な政治家の土井利勝と、老武芸者の柳生宗矩。どちらも家光にとっては恐ろしい『オヤジ様』たちだ。

さらに言えば、これから将軍として政務を執るに当たって絶対に必要になる家臣たちである。ここでヘソを曲げられても困る。

優柔不断な家光は、ただただ困り果ててしまった。

「その話は、聞かなかったことにいたす」

家光は逃げるようにして寝所に下がった。

かくして、忠長討伐は『なかったこと』にされてしまった。

土井利勝は歯嚙みして、手にした白扇を握りつぶした。

江戸から遠く離れた秋田の地で、本多正純もまた、歯嚙みをしていた。

ここまでお膳立てしてやったのに徳川軍が動かない。いったいこれはどうしたことか。

成瀬正成も尾張の地で、同じように歯ぎしりしている。

忠長の威勢が高まれば、家光は激怒して弟に牙を剝くだろう、と予想していた本多正純と成瀬正成の思惑は大きく外れた。

家光という若者は、戦国育ちの老人たちにはまったく想像不可能なほどに穏健で、心優しく、優柔不断なのである。

家光は、自分でも気づかぬうちに本多・成瀬の陰謀を潰した。

だが。この陰謀に、誰よりも浅薄《せんぱく》に、過激なまでに乗せられてしまった者が、家光の脇に控えていた。斉藤福である。

第五章　忠長奮戦

一

下野国、日光——。

杉の巨木が林立している。崖の下には大谷川《だいや》が流れていた。この周辺はのちに職人町となり、多くの職人が移り住むことになるのだが、この頃はまだ、原始時代からの古木がそのまま残された深山幽谷であった。

大谷川には堰《せき》（ダム）が作られ、伐り出された大木がいくつも浮かべられていた。すなわち貯木場である。

材木というものは、山から木を伐り出してきてすぐには使えない。まずは水に漬けて（浮かべて）脂《やに》抜きしなければならないのだ。脂とは樹液のことである。

脂抜きされていない木材は生木《なまき》であるからブヨブヨとしている。樹液をたっぷり含んでいるのでやたらと重い。にもかかわらず柔らかいので強度はない。さらには乾燥につれて収縮して亀裂が入る。建物の形は狂い、釘や鎹《かすがい》や楔《くさび》も抜けてしまう。樹液の匂いを慕《した》って虫も寄ってくるし、卵を産みつけて巣を作るし、なにかと困ったことになってしまう。

であるから、脂抜きはしっかりしなければならない。

大寺院の柱にするような巨木だと、脂抜きにおよそ七年から十二年はかかる。さらに今度はその柱を、芯まで乾燥させなければならない。乾燥にまた十年は優にかかる。木場に立てかけられた材木は、乾燥のために放置してあるのである。完全に乾燥させきって、ようやく、建材としての用に耐えられるようになるのだ。

貯木場の巨木の上で、杣人が謡いながら足で丸太を回している。一日に何度も木を回して、満遍なく、水に浸すのだ。

大谷川の上流からは次々と筏《いかだ》が流されてくる。これほどの用材をかき集めても東照社の造営にはまだ足りない。東照社の完成がいつの話になるのか、杣人たちですら、まったく予想もつかなかった。

大谷川の川筋に沿って、山伏が一人、歩いてくる。杣人が踏み固めた小道を伝い、坂の上に建つ小屋に向かった。

「おるか」

粗末な小屋の間口に垂れた筵《むしろ》を捲り上げる。覗き込むと、一人の男が暗がりの中に黙然と座り、左手に握った鑿《のみ》を振り下ろしているのが見えた。

「何をやっておる」

訊ねつつ、無遠慮に小屋に入った山伏の正体は風鬼《ふうき》であった。天海配下の山忍びの一人で、風の流れを読み、白煙や毒粉などを撒き散らして攻撃することを得意とする。家光の上洛に供をして、御所忍びを撃退したこともあった。

風鬼が入ってきたことには気もとめず、隠形鬼が無心に鑿を振り下ろしている。両足で木の塊を挟み、それに向かって鑿の刃先を突き立てて、何かの形を彫り起こそうとしていた。

「なんだそれは。彫刻か。いったい何を彫っておる」

風鬼が覗き込んできた。

どうやら猫を作っているらしい。眠たそうに目を閉じた猫だ。

「ふうん。見事なものよのう」

風鬼は、お世辞を抜きにして感心した。

忍びは身分を偽って他国に侵入を図るので、一芸を身につけている者が多い。鬼蜘蛛の手妻芸などもそれだが、隠形鬼の場合はそれが彫り物であるらしかった。

しかし、彫刻というものは通常、左手に鑿を握り、右手の木槌を打ちつけて彫るものだ。右腕を信十郎に斬り落とされてしまい、左腕一本しか残されていない隠形鬼にとっては難儀であろう。

それでも隠形鬼は、修行僧のような顔つきで、無心に鑿を打ち下ろしつづけた。

風鬼がいい加減待ちくたびれた頃に、ようやく隠形鬼は顔を上げた。

「何か用か」

「おう。用があるから訊ねて来たのじゃ」

風鬼は、自分の膝に飛び散った木屑を摘んで棄てながら答えた。

「乳母様が我らを頼ってこられたぞ」

「斉藤福か」

隠形鬼は興味なさそうに視線を外すと、ふたたび木を彫りはじめた。

「なんじゃお主、斉藤福様の仕事では不服か。お福様は三代様の乳母様じゃぞ。身を寄せて損はない御方じゃ」

隠形鬼は答えず、ひたすらに猫を彫っている。

「わかったわい」風鬼は立ち上がった。「わしが一人で行くとするわい」

筵を捲って外に出る。一瞬のうちに気配が消えた。

風鬼は風のように坂を駆け降り、大谷川の崖に沿って南下した。

二

江戸。鉄砲洲。キリの差配する太物屋――。

信十郎は困り果てている。

キリが殺人的に不機嫌だ。こちらに背中を向けて座っているのだが、その後ろ姿が殺気立っている。うっかり声などかけようものなら即座に凶器が飛んできそうな気配だ。先日、鳶澤甚内に何事か囁かれてからずっとこの調子でとりつく島もない。

店に仕える者たちも怯えている。「いったい何事があったのですか」と、信十郎のところに訊きに来る者もいるのだが答えようもない。

店の者といってもただの番頭や手代などではない。その正体は伊賀者だ。このままでは伊賀組全体の士気に関わるのでは、と要らぬ気を回した信十郎は、おそるおそる、

「甚内殿は何を言ったのか」と訊ねてみた。

するとキリは、氷のように冷たく鋭い視線を向けてきて、「今に鬼蜘蛛が自分で言いに来るだろう」と答えた。

何が何やらわからない。手持ちぶたさにしていると予言どおりにその夜、鬼蜘蛛がミヨシを連れてやってきた。

「すまんっ！　信十郎！　堪忍やッ！」

いきなり滂沱《ぼうだ》の涙を流して、何度も何度も低頭した。

何のことやらますますもってわからない。平べったく這いつくばった鬼蜘蛛の背後では、ミヨシが恥ずかしげに身を揉んでいる。いつもの場違いな元気潑剌《はつらつ》ぶりは影を潜めて、どことなく楚々とした風情だ。こちらもまた、不可解である。

「何があったのだ。俺にもわかるように話してくれ」

キリも鬼蜘蛛もミヨシも何かの理由で不機嫌だったり、泣いていたり、恥じらっていたりしている。なのに自分だけが蚊帳の外だ。俺はそんなに鈍感な人間だったのか、と、我ながら不安になってきた。

鬼蜘蛛は涙でグチャグチャになった顔を上げた。

「実は、……実は、ミヨシが、孕《はら》んでしもうた」

「えっ？」

信十郎は馬鹿面を下げて訊き返した。

「なんだって」

鬼蜘蛛は涙と鼻水を垂らしながらにじり寄ってきて、信十郎の両手を握った。

「孕ませてしもうたんや！」

「誰が」

「わしがに決まっとろうが！」

信十郎は、鬼蜘蛛の肩ごしにミヨシを見た。ミヨシは顔を真っ赤にさせて恥じらい、俯いている。信十郎は、目の前の鬼蜘蛛に視線を戻した。

「鬼蜘蛛の子か」

「当たり前やろうが！　なんでわしがほかの誰かの子を孕ませなあかんねん！」

と、そこへ、けたたましい足音とともに一人の京女が飛び込んできた。

「聞きましたでぇ。鬼蜘蛛はん、ほんまにおめでたいこっちゃ！」

服部庄左衛門の妻、志づである。

けたたましい早口で「めでたいめでたい」と連呼して、帯祝いの儀式の日取りがどうの、妊婦の心がけがどうのとまくしたて、言うだけ言うとミヨシをせきたてて連れ出してしまった。信十郎と鬼蜘蛛が口をはさむ余地もない。

そこへ今度はキリが仏頂面で入ってきて、ペタンと力なく腰を下ろした。

「……ミヨシにまで、先を越されてしもうた」

鬼蜘蛛はキリに向き直り、ガバッと頭を下げた。

「すまん!」

「知らぬ」

キリは余所《よそ》を向いたままだ。信十郎はようやくキリの不機嫌の理由を知った。キリの気持ちを思いやるだに不憫である。いたたまれなくなって、そそくさと座敷から逃げ出した。

あとで聞いた話では、ミヨシの妊娠に最初に気づいたのは、ミヨシを捕らえた風魔一族の女だったそうだ。鳶澤甚内は、同じ女であるキリにだけ、その事実を伝えた。むろん、善意からの行動である。キリがここまで衝撃を受けるとは予想していなかったのだ。

三

同じ夜。

斉藤福は江戸城の外に出た。名目は、天海が上野に造営中の大寺院への参拝と寄進のため、である。

上野の寺ではいつもの庵室に通された。障子を開けると庭先に、一人の山伏が膝をついて待っていた。

「風鬼とやら、申したな」

風鬼は「ハッ」と低頭した。

「お見知りおきくださり、かたじけのうございまする」

「うむ。余計な挨拶はいらぬ。まずは聞け」

「はっ」

「忠長めが、日光を参拝いたすぞ」

日光東照社は徳川一族の護り神となったのであるから、将軍の舎弟が参拝に赴くのは当然である。『駿河拝領につき、東照神君様に御礼言上のため、参拝したい』と届けを出した忠長に対し、幕府は『まったくもって結構なこと』と、許可を出した。

訝しいことも、不穏なことも何もない。

しかし。平穏無事な地平に荒波を立てるのが、斉藤福という女である。

「これは好機ぞ！」

ギラリ、と金壺眼を光らせて、庭に拝跪した風鬼を見据えた。

「いかなる好機にございましょう」

「わからぬか。忠長めを討つ好機よ」

風鬼は、忍びなので表情も顔色も変えなかったが、一瞬、絶句した。

「……忠長様を殺せ、と？」

「いかにもじゃ。……フン。そのほうどもに、ほかに何ができると申すのじゃ」

風鬼はお福の厭味は無視して訊いた。

「その話、天海僧正様も、ご承知にございまするか」

日光は天海が手塩にかけて作り上げようとしている神域である。神聖なその場所を、よりにもよって徳川一族の血で穢すとは、ありうべき話ではない。

やはり、天海には通していない話だったらしく、福は不機嫌そうに横を向いた。

「僧正様には、いずれ、折を見て話す」

「左様で」

斉藤福はジロリと風鬼を睨んだ。

「そなた、まさか、妾の命には服せぬ、などと申すのではあるまいな」

「滅相もない」

「ならば励め。僧正様のことは案じるでない」

風鬼は「ハッ」と答えた。

話は終わったのか、庵室の障子がピシャリと閉じられた。風鬼は闇の中に、風のように消えた。

四

この年の正月、幕府は、日光山造営法度を出している。

日光東照宮の造営は家光の業績だとされているが、この当時、政治の実権を握っていたのは大御所の秀忠である。将軍家光はまだ家臣たちの屋敷を渡り歩いていた頃で、幕府の政庁は西ノ丸の秀忠の御殿に置かれていたはずだ。秀忠とそのブレーンたちが立案し、推進したのが日光東照宮造営であったのだろう。秀忠という男の業績は、父家康と息子家光に不当に奪い取られている部分がある。

日光東照宮造営法度は五次にわたって出されたが、その第一に書かれているのは日光周辺の農村部に対する減税である。

この時期、東照社建設のため周辺の農村には重税が課せられ、さらに農夫は夫役にも駆り出されていたらしい。耐えかねた農民たちが多数逃散《ちょうさん》（農地を棄てて逃亡すること）していたようだ。幕府の公式記録には他人事《ひとごと》のように『農民らが窮乏していると聞いている』などと表記されているが、誇り高い幕府がその事実を認めざるをえないほどに、農村の荒廃は凄まじかった。

造営を後方から支援するための策源地である宇都宮には、筆頭年寄の本多正純を置いていたのだが、正純は失脚し、宇都宮藩は一時的に政治の空白地となった。日光周辺はますます混乱し、街道の維持管理すら放棄されていたらしい。

伝馬の制度も崩壊していたようで、幕府は農村に対し、年貢の免除と引き換えに、街道の整備と農耕馬の供出を命じている。

日光近辺の混乱の原因はそれだけではない。

造営に必要な大工や職人が幕命を受けて移住してくる。職にあぶれた者たちや行き場のない浪人たちも人足の賃仕事を求めて集まってくる。彼らの稼ぎを目当てにした博徒や娼婦もやってくる。盗賊や追剝なども列の最後につづいた。

急激な人口の膨張に、食料品や生活物資の輸送と供給もままならない。流れ者たちはもともとが荒くれ者であるから、急激に治安が悪化した。

幕府は、八王子千人同心を日光に送って、日光奉行所の同心を兼任させ、火の番と治安の維持に当たらせた。彼らはもともと甲斐の武田家の旧臣たちである。なぜ彼らが日光に派遣されたのかは、よくわからない。

このような混乱の最中、駿河中納言忠長の行列が日光をめざして進んできた。

江戸を立ち、岩槻、栗橋、古河と進んで宇都宮城に入る。将軍の日光参拝と同じ筋道と日程だ。

宇都宮城には、奥平美作守忠昌《おくだいらみまさかのかみただまさ》が転封してきたばかりであった。

忠昌は、長篠の合戦で長篠城を守備した奥平信昌《のぶまさ》の嫡孫である。合戦に勝利したのち、武田軍撃滅の立役者だとして織田信長から褒賞され、信長の『信』の字を下賜された。

奥平家は長篠の合戦ののちも、数々の武功をあらわして家康の信頼を得た。家康の長女、亀姫《かめひめ》を与えられ、親族の列に加えられた。

現当主の忠昌は、つまり、家康の曾孫にあたる。政略結婚に出される娘たちにも序列があって、長女は次女よりも偉い。長女を娶った奥平家は、家康の婿たちの中ではいちばん格式が高い。実際の石高や官位とは比例しないが、女系で見ればそうなるのである。女系の嫡流といったところか。昔の社会はいろいろと煩雑なルールがあった。

「おう、美作守、久しいの」

忠長は堂々と城門をくぐり、奥平忠昌に向かって、高らかに声を放った。相手が家康の曾孫で、数々の武勲を誇る譜代大名でも遠慮がない。

というか忠長という男、もしかしたら『遠慮』という概念をまったく知らなかったのかもしれない。とにかく『自分が偉い』男なのである。

奥平忠昌とその家中は、外面だけは恭しく、将軍の御舎弟を迎えた。

やはり、対応に苦慮している気配が感じられる。家光に子がない現在では、この忠長が次期将軍候補第一位である。家光に子がないまま死ねば、忠長が四代将軍になる。であれば、下にも置かない扱いでご機嫌伺いしなければならないのだが、この兄弟は仲がよくない。

土井利勝ら家光附の年寄たちが番士を動員させたのは、忠長を討伐するためである、という噂が、譜代の大名たちのあいだに駆けめぐっていた。いつ、兄弟で手切れとなって合戦に及ぶかもしれないのだ。うっかり忠長にいい顔を見せて「奥平家は忠長党だ」などと決めつけられてはたまらない。

一番の問題は、徳川政権内がここまでギクシャクとして疑心暗鬼に陥っているのに、肝心の兄弟がそれにまったく気がついていない、ということにある。家光は呑気で太平楽、忠長は他人の感情に無神経である。自分たちの置かれた抜き差しならない状況をすこしも理解していない。

――これは、油断ならぬな……。

不安な目で、奥平家の家臣どもを眺めている男がいる。

駿河家の附家老、朝倉筑後守宣正《あさくらちくごのかみのぶまさ》である。

天正元年（一五七三）生まれの五十一歳。元和七年（一六二一）より忠長に附けられて家老となり、自身は二万六千石で掛川城主となった。

朝倉家は、かつては越前一国を領した戦国大名であった。のであるが、宣正が生まれたその年に、織田信長に攻め滅ぼされた。

宣正の父は越前朝倉家最後の当主、朝倉義景《よしかげ》の従兄弟であった。朝倉家滅亡後に流浪して、家康に拾われた。以後、徳川家の忠実な家臣として今日に至っている。

信長と同盟を結んでいた家康は、朝倉家とも合戦をした。朝倉家の精強ぶりに感嘆したがゆえに、喜んで朝倉一族を家中に組み入れたのだが、組み入れられた宣正父子としては肩身が狭い。負けた敵国の落武者だ。軽蔑の眼差しに晒され、侮辱されたりもしたことだろう。

そういう惨めな生い立ちなので、宣正は、他人の視線の意味を読み取る能力に長けている。悪くいえば、他人の顔色を窺ってばかりいる。しかも、敵意に対して敏感だ。主君忠長とは正反対の性質である。

宣正の目には、奥平家中の敵意がはっきりと読み取れる。このままでは危ない、と直感できた。

「松野主馬《まつのしゅめ》を呼べ」

傍らに控える近臣に命じた。

近臣は小走りに去った。やがて、大柄な侍大将を引き連れて戻ってきた。

「御家老、お呼びにござるか」

松野主馬は黒髭をしごきながら訊ねた。

松野主馬重元《しげもと》はかつて、豊臣秀吉の直臣であった。秀吉から羽柴の姓を賜ったほどの男である。生年不詳なのだが、寛永元年当時、四十代の後半だったと思われる。秀吉の甥、秀秋《ひであき》が小早川家に養子に入った際、秀吉の命令で小早川家に転出した。小早川家の侍大将となったのであるが、関ヶ原合戦で、秀秋が突然、東軍に寝返ったことに立腹し、攻撃命令を無視して中立の立場をとった。合戦後、秀秋の許を去って自ら浪人となる。

忠長は、この類の、ひと癖ある男が大好きである。最上《もがみ》家の荒大将、鮭延越前《さけのぶえちぜん》を家臣に迎えようとしたこともあった。

無軌道で世間知らずの若君様にばかり縁があって気の毒なのだが、松野主馬は忠長の招聘を受け入れて彼に仕えることにした。と、こういう経歴の持ち主なので、信用に足る忠義者だと評判が高い。

朝倉宣正は奥平の家中に聞かれぬよう、小声で命じた。

「不穏である。まさかとは思うが用心するにしくはない。油断いたすな。中納言様から目を離してはならぬ」

松野主馬も侍大将ならではの直感で、危機を感じていたらしい。

「畏《かしこ》まって候」

低い声で応じると、油断のない足どりで持ち場に戻って行った。

五

翌朝はよく晴れていた。この当時の宇都宮城には本多正純が建てさせた天守閣があった。忠長は無遠慮に堂々と天守の最上階まで昇り、北方の空を眺めた。

「日光山があんなに大きく見えるわ。手を伸ばせば届きそうじゃ」

などと無邪気に大喜びしているが、苦労性の朝倉宣正にはこの好天がまた案じられてならない。火縄銃で狙撃するには格好の日和だ。雨など降っていてくれたほうがまだしも安心できる。

忠長一行は、奥平忠昌の丁寧な、しかし、腹中に何やら一物抱えたような挨拶と見送りを受けて、宇都宮城をあとにした。

三ノ丸宇田門から出て、日光街道へつづく坂を上る。二年前、秀忠を暗殺すべくキりが駆け登っていった道だ。厳重に秘されているので、忠長主従はこの一帯でそのように不穏な事件が起こったことは知らない。

行列はおよそ百五十人。

忠長は、五十五万石の格式に相応しい大行列を連ねたいと思っていたのだが、この当時の日光には大人数を収容できる宿場がない。また、東照社の建築予定地周辺には大工や職人たちが無数の庵を編んで生活している。

周辺の農村が荒廃するぐらいであるから、米も生活用品も足りていないし調達できない。大人数の参拝はとても無理だと言われてしまい、嫌々ながら、人数をここまで削ったのだ。

街道を北西へ進んでいくと三里（一二キロメートル）で徳次郎《とくじら》宿に着く。前述のとおりの荒廃がそこかしこで目についた。

そのありさまを見て忠長は、むかっ腹を立てている。

「ここは東照社へのご参拝の道。勅使様方もお通りになられる道だと申すに、この荒れようは何事！　兄者め、東照神君様への尊崇の念が薄いから、このように無様なありさまとなるのじゃ」

大声で将軍批判を展開し、宣正ら近臣たちをハラハラさせた。

徳次郎宿を抜けると急に天地が狭くなる。関東平野が終わり、日光につづく山地の裾野に入ったのだ。

街道の両脇に低山が幾重にも連なっている。低山に囲まれた細長い盆地の中を延々と道は延びている。盆地には農地が広がっていたが、かなりの部分が耕作放棄されている。わずかな田んぼも稲は刈り取られ、農民の姿も見当たらなかった。

秋風は心地好く吹いているが、なにやらあまりにも静かすぎて、不気味に感じられるほどである。

「人がおらぬな」

馬上で忠長が周囲を見回し、不思議そうな顔をした。

「農民どもは皆、日光山の夫役に駆り出されておるのでございましょう」

小姓に言われて「なるほど左様か」と頷いた。

細い川を渡った。相も変わらず低い山並みが左右に連なっている。

「この山中のどこかに金山があるそうにございまする。徳次郎金山と申すそうな」

朝倉宣正が忠長に教えた。

「採掘された金は、東照社の社殿を飾る金箔などに使われるそうにございます」

忠長は興味なさそうに聞いている。

山並みの所々から白い煙が上がっている。金山で働く坑夫たちの炊煙であろうか。時折、木々のあいだで黒い影が動いた。こちらの様子を窺っているようでもある。大猿かと思ったが、あるいは、山で暮らす者たちであるのかもしれない。

のどかな旅がつづく。天候はよし、空は青く澄みきっている。しかし次第に朝倉宣正は、なんとも言い知れぬ不安に襲われはじめていた。

——何かが、おかしい……。

どこまで行っても人の姿がない。時折、街道脇に建つ百姓家の前を通りすぎる。開かれたままの間口を覗き込んでみるが、そこには年寄りの姿も子供の影もない。一家揃って日光に駆り出されたのか。否、そんなことがあろうはずもない。

——ならば百姓どもは、いったいどこへ行ったのか。

いなくなったのは土地の百姓ばかりではない。これだけの大道なのに、すれ違う者が一人もいない。一刻ばかり歩いているのに、誰も日光側から下ってこないのだ。

日光山造営で職人や工人がたくさん集められているはずだ。僧侶や山伏たちも多く行き交っているはずなのに、なぜ、誰も日光方面から下りてこないのか。

宣正は松野主馬を呼んだ。松野はすぐに馬を寄せてきた。

「お呼びにござるか」

「何か、妙ではないか」

松野主馬も黒髭の厳《いか》めしい顔をこわばらせている。

「それがしも、最前より胸騒ぎがしてなりませぬわい」

またしても山の中から黒い人影が現われた。宣正と主馬が同時に目を向ける。黒い人影はこちらを鋭く睨み返して、すぐに姿を消した。

宣正は視線を行列に戻した。列の中ほどを進む忠長も、言葉少なく、白皙の頬を引きつらせている。忠長なりに異変を感じ取っているのだろう。

宣正は決断した。

「よし、行列をとめよう。小休止じゃ。その間に物見の者を前後に走らせ、街道に異常がないか確かめさせるのじゃ」

「畏まってござる」

忠長の行列は街道から外れた。稲が刈り取られ、水の抜かれた田圃の中に入る。ひとかたまりになって休息をとる。松野に命じられた物見が二騎、街道の前後に走って行った。

秋といえども日中は気温も上がる。駿河家の侍や足軽たちは、用水路の流れに手拭いなど浸して汗を拭ったりした。

ややあって、街道の南、宇都宮方面に向かわせた物見が馬を飛ばして戻ってきた。その顔色が只事ではない。休息する足軽や中間どもを蹴散らすような勢いで突っ込んできて、宣正の前に止まった。

物見の者が馬を下りて膝をついた。

「徳次郎宿、奥平の手勢とおぼしき者どもによって、固められておりまする」

宣正は主馬と顔を見合わせた。

「なんじゃと。いかなる子細じゃ」

物見の者は、額に滴る汗もそのままに言上した。

「皆目わかりませぬ！　戦支度の者どもが街道をふさいでおりまする」

咄嗟のことでどう解釈すればよいものかもわからず、宣正は言葉を失った。

一方の松野主馬は、ニヤリと不敵に笑った。

「どうやら囲まれましたな。御家老、あれをご覧なされ」

低山から上がる煙が増えている。

「あれは炊煙などではござらぬ。狼煙《のろし》でござるぞ」

「なんと！」

宣正は慌てて四方に目を転じた。これらの白煙がすべて狼煙であり、敵の部隊が連絡を取り合っているのだとしたら、駿河家の一行は完全に包囲されていることになる。

ここは低山に囲まれた細長い盆地。さながら瓢簞《ひょうたん》の内部のような地形だ。徳次郎宿に通じる出口は奥平勢によって封じられている。となれば前に進むしかない。

「おのれ、天海かッ。これは天海の差し金かッ！」

宣正は覚った。日光参詣の途上、暗殺を仕掛けてくる者など、天海以外に考えられないではないか。

畏れ多くも将軍家御舎弟に凶刃を向けてくる者は限られる。その筆頭が家光主従だ。天海が斉藤福を介して家光と密接に繋がっていることは誰でも知っている。

松野主馬が馬上槍を高く掲げた。

「乗馬！」

自らも馬に跨がり叫ぶ。

「陣を敷けッ。敵襲に備えよ！」

だらけた姿で休息していた者どもが、目を丸くしてこちらを見た。

日光方面に放っていた物見が馳せ戻ってきた。陣に着くと同時にドウッと落馬した。

た。

「何事ッ？」

駿河主従が騒《ざわ》めく。物見を囲んでさらに愕然とした。

なんと、物見の身体には何本もの矢が突き立っていたのだ。すでにして絶命していた。

さらには鬨《とき》の声まで聞こえてきた。日光側から軍勢が押し寄せてくる。

「始まりましたな」

松野主馬がまたも不敵に笑い、従者から受け取った兜を被った。緒をきつく締めて紐の端を緒と頬のあいだに挟みながら宣正に言った。

「戦の采配はそれがしが承る。御家老は殿のお傍に」

「わかった！」

宣正は忠長の許に走った。忠長は、ただただ狼狽している。

「何事じゃ⁉　宣正、何事が起こったのじゃ⁉」

説明している暇はない。宣正は近臣たちに命じた。

「殿に鎧兜を！」

都合のよいことに東照社に奉納するための甲冑を一揃え持参していた。奉納品なのだがそんなことは言っていられない。鎧櫃から出して着せるように命じた。

松野主馬の采配で防御の陣が敷かれる。忠長を中心にして騎馬武者と槍衾《やりぶすま》が取り囲んだ。

大名行列というものは、いかなるときにも完全武装が建前なので、こういう非常時には好都合である。すぐに臨戦態勢が取れる。何事も起こらないときには、甲冑や武器を持ち歩くのが重くて仕方がないわけだが。

「来るぞ！　前列槍組、折り敷け！　弓組、構え！」

隊列の脇で馬に跨がり、松野主馬が塩辛声で発令した。最前列で槍を持った足軽たちが腰を落とし、二列めの弓足軽たちが矢をつがえた。

皆々、緊張に顔をこわばらせ、総身に武者震いを走らせている。その陣の中心では忠長が、おののきながら鎧の袖に腕を通していた。白皙の頬がさらに青白くなっている。いつもの大言壮語も出てこない。

日光街道の山側から忍び装束の者どもが駆け下ってくる。さながら獣の群れだ。両目を殺気で血走らせ、手に手に得意の武器を構えて突撃してきた。

「放てーい！」

松野の号令一下、矢が一斉に放たれた。忍び装束の者どもめがけて飛んでいく。先頭を切って走っていた忍びたちの胸に矢が立つ。忍びはもんどりうって倒れた。

天海は馬に跨がっていた。盆地を見下ろす高台の上に立つ。眼下には、方陣を組んだ忠長一行の様子がよく見えた。

袈裟の下に鎧を着け、頭には頭巾を被っている。齢八十九とも思えぬ矍鑠たる風姿だ。眼光も鋭い。薄暗い中堂で目をショボショボさせながら経文を読む姿と引き比べると別人のようである。

「駿河家の青二才どもにしては、ようやっておる」

松野主馬が組んだ方陣と槍衾、弓隊の活躍を見て、そう感想をもらした。

駿河中納言の家臣は、ほとんどが徳川直参の次男坊や三男坊たちだ。関ヶ原合戦後に生まれ、大坂の陣では子供であった者たちである。戦の経験などまったくない。

松野主馬のような戦国の生え抜きがいて、指揮をとっているから格好がついているものの、いずれ乱戦になれば馬脚を現わす。命の取り合いに怯えきって、我先に逃げ出そうとするに違いなかった。

「まずは半刻じゃな」

天海は戦況をそう読んだ。半刻ばかりも攻撃をつづければ駿河家の陣は壊乱、兵もあらかた逃走するか討ち死にをする。かくして忠長の首は上げられる。

天海は僧侶だが、しかし、後世の僧侶のような空想平和主義者ではない。僧侶として誰よりも太平を希求しているが、太平の世を招来するには、自らの手を血で汚さねばならぬことも知っていた。

それが戦国を生き抜いた僧侶というものだ。戦国時代の宗教勢力は臆することなく武器を手にして戦った。平和の敵を倒さぬことには、平和な社会はやってこない。それが戦国の世の常識だった。

そう思ったからこそ天海は、かつて、本能寺にて平和の敵を急襲し、打倒した。それができるのは、自分しかいないと信じたからである。

そして今また、同じことを成そうとしている。

「駿河大納言様は、偃武にとって邪魔者でしかない」

家康が作り上げ、天海が補佐し、秀忠と家光に託された太平の世。家光の治世を脅かし、戦国の世を再来させる恐れのある者は取り除かねばならない。その相手とはまず第一に忠長なのである。

「なんと恐ろしく、悲しいことか」

天海は思わず数珠をまさぐる。仏に祈りを捧げたくなる。

しかし、この偃武を作り出したのは、家康の側近であった自分でもある。戦国を生き抜いた老人たちの、血と涙と汗によって作られた太平の世だ。それをあのような、無鉄砲で我が儘勝手な青二才に破壊されてはたまらない。

——梵天帝釈《ぼんてんたいしゃく》の化身となって悪鬼羅刹《らせつ》を倒し、太平の世を守り抜くのだ。

天海はそう信じた。

松野は鉄砲隊と弓隊を二列に並べて散開させた。晴れ渡った秋空の下、忍びたちが迫ってくれば即座に狙い撃ちできる。鉄壁の護りであるはずだ。

しかし——。無茶な重税と勤労動員のせいで耕作が放棄された田畑が広がっている。日本の山野は雑草の王国だ。たったひと夏、草取りを怠っただけで身の丈より高い草むらで覆われてしまう。忍びたちは枯草色の装束に身を包み、枯草の根元をかき分けながら迫ってくる。ガサガサと葉の揺れる音と気配は伝わってくるが、敵の姿は一向に見えない。

ヒュッと風を切る音がした。何かが松野主馬の横頬をかすめた。

次々と何かが飛んでくる。

「ぐわっ」

すぐ隣にいた徒《かち》武者が絶叫して倒れた。見れば、短い矢が彼の喉に刺さっていた。

「半弓か！」

通常の弓の半分の長さしかない弓を使って、草むらの中から矢を射かけてきたのだ。威力は少なく、射程距離は短いが、物陰から射るには格好の投射兵器だった。

「おのれ！」

敵の矢から身を護るには楯を並べればいいのだが、こちらは神社に参拝に来た途中である。重くてかさばる掻盾《かいだて》など当然に持ってきていない。

駿河家の陣は稲の刈り取られた田圃の真ん中にある。忍びたちのように枯草の中に身を隠したいところだが、視界の悪い場所に移動したら、たちまちのうちに忍びの餌食となってしまうだろう。相手はゲリラ戦術の達人だからだ。

「射返せ！　射られたら射返すのじゃ！」

矢が放たれたら放たれた場所めがけて射る。しかし、相手はこの程度のことは折り込みずみだ。射た直後に移動してしまうだろう。こちらは無駄に矢を消費させられることになる。

しかも。そのうちなにやら、命令に対する反応が鈍くなってきたではないか。松野は背後の陣形に目を向けて愕然とした。

――陣形が崩れておる！

なぜだ。と、松野主馬は思ったのだが、その原因は本陣の、忠長にあった。

「ええい！　何をしておる！　討てッ！　討ち取れッ！」

馬上の忠長が絶叫している。色白の貌容はますます血の気が引き、こめかみには青筋が立っている。

鎧姿も勇ましい若武者の姿ではあるのだが――、馬に跨がった忠長は、矢や鉄砲玉が近くに飛んでくるたびに動揺する。

馬は、自分に跨がった人間の重心が右に傾けば右に進むし、左に傾けば左に進む。そのように訓練されているからこそ乗り手は意のままに馬を走らせることができるわけだがこの場合、それがゆえに困った状況に陥っていた。

大将は陣の中心だ。ドッカと腰を据えていてもらわねば困る。大将がフラフラと移動するたびに、大将を囲む馬回りも移動する。本陣の外周を護る槍衾や弓隊、鉄砲隊も移動する。移動せざるをえなくなる。大将が本陣から彷徨い出たら敵の攻撃の的になってしまうからだ。

千単位、万単位の大軍を擁した陣ならば動くことはない。大将が本陣内であっちに行ったりこっちに行ったりするだけなのだが、この駿河家本陣はたったの数十人。容易に揺れ動いてしまう。

右手から敵が押し寄せてくれば左にズルズルと移動し、左手から押し寄せてくれば右にヨロヨロと靡《なび》いていく。そのたびごとに隊と隊とのあいだに隙間ができる。互いの連携が難しくなる。鉄砲隊は落ち着いて弾をこめることもできない。きわめて由々しい問題だ。

忠長とて意識して逃げ回っているわけではない。初陣の若大将など、誰でもこういう状態になってしまうものなのだ。

こんなとき、戦場経験の豊富な馬丁がいれば、轡《くつわ》をガッチリ握って大将が動かないようにするのだが、今の世には戦に慣れた馬丁もいない。

関ヶ原合戦のとき、家康の馬丁は、並み居る侍大将衆を差し置いて、戦況を見るに敏なところを見せつけたが、忠長の馬丁に同じことを求めるのは無理だ。怯えてしまって右往左往している。

「これはいかん」

松野主馬は自陣の置かれた状況を即座に理解したが、しかし、侍大将である自分が陣頭指揮を離れ、陣を建て直すために本陣に戻ったりしたら、よけいに兵士が動揺することも知っていた。

指揮官が後退するのを目撃した兵たちは、それを逃走だと受けとめる。

誰だって最前線などにはいたくないのだ。将が下がれば兵も下がる。たちまちのうちに兵たちは逃げ散ってしまい、陣形は崩壊する。忠長を護る者はいなくなり、忠長は容易に討ち取られてしまうだろう。

そうこうするうちに駿河家の陣形はさらに乱れはじめた。

忠長の本陣は容易に動くが、最前線は敵と斬り結んでいる最中なので動けない。鉄砲隊や弓隊もまた、移動速度はきわめて遅い。かくして一部の隊が本隊から切り離されて孤立しだした。

松野主馬はこの事態にも気づいていたのだが、彼の力ではどうにもならなかった。

本陣の副将たる朝倉宣正が対処してくれればよいのだが、宣正は戦国大名朝倉家の末裔でありながら実戦経験はない。元和偃武の世に頭角を顕した政治官僚なのだ。今、目の前で何が起こっているのかすら、理解していないに違いない。

自陣がこのような状況になってしまったとき、勝利する方法は一つしかない。自陣が壊乱するよりも先に敵陣を切り崩すことだ。が、しかし。相手は武士ではない。忍びだ。陣形はまったく存在しない。敵の大将がどこにあるのかもわからない。

天海は、得たり、と頷いた。

目論見《もくろみ》どおりに忠長の陣が乱れはじめた。今しばらく嬲《なぶ》り回してやれば、敵陣はさらに混乱、分裂することだろう。

そうしてできた間隙に山忍びたちを侵入させる。忠長の本陣は腹背から敵の攻撃を受けることとなる。戦国時代の強者たちでも、そんな攻撃を受けたら持ちこたえられない。太平の世の青二才どもならなおさらだ。

——我、勝てり。

天海は確信した。

采配代わりの払子《ほっす》をサッと振り下ろした。手元に残してあった山忍びたちが無言で走り出る。忠長めがけて突進していく。

忠長は馬上にあって手綱を右に左に引き、せわしなく馬首を巡らせていたが、ふと、我に返って愕然とした。

いつのまにか供回りの陣営が薄くなっている。ついさっきまで本陣の真横に張りついていたはずの槍隊が遠くに隔てられていた。

「これは、どうしたことぞッ。なにゆえ脇備えが本陣より離れる⁉」

フラフラと移動して陣形を崩したのは自分自身なのだが、その自覚はない。

本陣と他の隊とのあいだには、丈の高い枯ススキが風に吹かれているだけだ。心細いことこのうえもない。

「宣正ッ、陣を整えよ！」

忠長が命じたその刹那――、忠長のすぐ横の、草むらが揺れ動いた。

忠長は驚愕して両目を見開いた。なんと、草むらの中から忍びが飛び出してきたのだ。枯草色の忍び装束を身に着けて、顔まで同じ色の覆面を巻いている。手にした抜き身の短刀を逆手に構えて突っ込んできた。

忠長も近臣たちも咄嗟のことで慌てふためくばかり、対処ができない。忍びは忠長の馬に走り寄り、鐙《あぶみ》に足をかけて躍り上がってきた。

白刃が忠長に迫る。

「りょ、慮外者ッ！」

忠長は腰の刀に手をかけた。忠長はもうひとつの将軍家御家流、小野派一刀流の剣術を身につけている。家光の愛好する柳生新陰流に対抗して、熱心に修業を積んでいた。

「ヌウンッ！」

一気に抜刀した。……が、困ったことが一つあった。

兵法とは本来、歩卒の術である。自分の足で立って歩く兵たちの武芸だ。だから両手で刀の柄を握って戦うのだが——、騎馬武者は馬に跨がっている。身体の正面には馬の首がある。両手で刀を持って振り回しなどしたら、自分の馬を傷つけるだけなのだ。

案の定、忠長は、愛馬の首を薄く切ってしまった。

——ブヒヒヒーン！

驚いた馬が棹立ちになる。前足を蹴って跳ね上がった。

が、何が幸いするかわからない。忠長と忍びは同時に馬から転落した。忍びが突き出した刃は空振りした。この珍事で忠長は、九死に一生を得たのである。

忍びは立ち上がって再度短刀を突きつけようとしたが、ここは本陣の真ん中だ。奇襲が失敗すれば周囲は忠長の近臣ばかり。たちまち槍で突き立てられて絶命した。

「なんたることッ！　なんたることッ！」

忠長は激怒しながら立ち上がった。

将軍家の一員たる自分が、こんな片田舎で命の危険に晒されている。忍びが次々と襲いかかってくる。これが現実か、夢なのではないか、と思う。

「ええい！　馬を引けッ！」

愛馬はどこかへ跳ねて行ってしまった。代わりの馬を要求する。

だが、宣正にとめられた。

「なりませぬ。馬上にあっては敵の目にとまりまする」

宣正は周囲の草むらに視線を向けた。

「敵がどこに潜んでおるやもしれず」

忠長は堪え性もなく喚いた。

「このわしに、徒武者のように立っておれ、と申すか！」

「今しばらくのご辛抱にございまする」

忠長は「ヌウウッ」と唸った。

普段は、「わしが戦国の世に生まれておれば、東照神君様と同様、天下を平定していただろう」とか、「わしが海外に雄飛すれば、秀吉と同じ轍は踏まぬ、必ずや朝鮮、明国を討ち平らげてくれようぞ」などと豪語しているのに、実際に戦闘に巻き込まれてみれば何もできない。切歯扼腕するばかりだ。

「何をいたしておる！　陣形を整えよ！　敵を追い払え！」

絶叫するが、具体的な内容をともなわず、時宜《じぎ》にも適さない命令は部隊を混乱させるばかりだ。さらには——、

「危ないッ！」

宣正が忠長を押し倒した。忍びが放った半弓の矢が頭上をかすめる。忠長が大声を出したことで、居場所を知らせてしまったのだ。

矢、手裏剣、吹矢など、ありとあらゆる飛び道具が四方八方から飛んでくる……ように感じられる。戦に慣れぬ忠長の目には、そのように映っている。万余の大軍で取り囲まれた気分だ。忠長も宣正も、枯草の根元に這いつくばったまま顔も上げられない。

「の、宣正……」

さしもの忠長も、心細げな声を漏らした。

「わしは、ここで死ぬのか？」

宣正は忠長の肩を摑んで揺さぶった。

「大将たるもの弱気になってはいけませぬ。いざとなれば、我ら全員が楯となって殿をお落としいたしまする。諦めなさるな」

「うむ……。とりあえず立つぞ。よいな？　このように惨めな姿、東照神君様にはお見せできぬ」

ここは日光山が見下ろす街道だ。日光山が家康の神霊そのものなのだとしたら、この地で卑怯未練な振る舞いはできない。

周囲の枯草がザワザワと音をたてている。草むらが不気味に揺れた。無数の忍びたちが迫り来る、そんな気配に満ちている。

――来るならば来いッ！

忠長は太刀を構えて待ち受けた。

次の瞬間、数名の忍びが飛び出してきた。抜き身の刃をかざして突進してくる。

――下郎どもめッ！

忠長の双眸が青く燃え立つ。

「キェェェイッ！」

気合一閃、大上段から太刀を斬り落とした。徳川重代の名刀が秋の陽差しにギラリと光る。ズンッと忍びの肩を切り裂いて、すっぽりと足元に抜けた。さすがの斬れ味である。一太刀で人体を両断した。

「でやっ！」

血を噴きながら足元に転がった忍びの身体を蹴り転がす。踏み越えて前に出て、次々と襲いくる忍びどもを斬り防ぎ、打ち払いした。

だが、やはり御殿育ち。息がつづかない。息を整えるため後退する。

「殿をお護りせよ！」

宣正の命令で小姓や近臣たちが人垣を作り、忠長と忍びとのあいだに割って入った。すかさず忍びたちが後列から半弓の矢を射かけてきた。

「ぐっ……！」

矢を胸に受けた小姓が倒れた。

「おのれッ！」

忠長は奥歯をギリギリと噛みしめた。弓矢の攻撃には為《な》す術もない。このまま射つづけられたら、いずれは全滅させられてしまう。

「かくなるうえは——」

太刀を振りかざし、草むらの中に無謀な突撃を敢行しようとしたそのとき。

どこからか馬の嘶《いなな》きが聞こえてきた。

忠長はハッとして顔を上げた。街道を一陣の土煙が迫ってくる。竜巻か、と思ったらさにあらずで、それは、巨大な肥馬が馬蹄にかけて巻き上げる土埃であった。

黒々とした肥馬の上には、これまた黒々とした壮士が跨がっていた。威勢よく靡く黒髪の総髪。黒い小袖に黒い牛革の袖無し羽織。腰には恐ろしく長い刀。鞘は黒の漆塗り。全身が黒ずくめだ。

壮士は手綱を緩めることなく、まっすぐに猛進してくる。枯草をかき分けて戦陣の只中に突入した。

「ギャッ」と声をあげながら忍びの身体が次々と、枯草の中から舞い上がった。馬蹄で蹴り上げられたのだ。戦闘用に調教された戦馬《いくさうま》は、人を蹴ることを厭《いと》わない。

馬の尻にはもう一人の男が乗っていた。山伏とも芸人ともつかぬ姿をしている。馬から身軽に飛び下りると草むらの中に姿を消した。同時に忍びの悲鳴が聞こえた。芸人風の男が忍びたちを狩りたてている気配が伝わってきた。

馬上の壮士は腰の刀を抜いた。忠長のように、自分の乗馬を傷つけるような失態は犯さない。長刀を片腕で振るって、馬を輪乗りしながら、草むらに潜む忍びどもに、次々と斬りつけていった。

忠長は瞠目した。常人の腕力では、あれだけの長刀を片手では扱えない。重さに耐えかねて太刀筋を乱してしまい、満足に斬りつけることもできなくなる。

それなのにあの男は、見事に忍びを仕留めつづけている。

忠長は興奮し、宣正に訊ねた。

「あの男、敵か、味方か」

宣正にも判断しかねる。なにしろ初めて見る顔だ。だが、敵の忍びたちを攻撃しているところを見ると、こちらの味方なのであろう。

壮士は、本陣に迫った忍びどもをあらかた掃討し終えると、刀を納めて馬を下りた。

「中納言様はご無事におわすや」

呑気な口調で本陣に歩み寄ってきた。あれほどの戦闘の直後だというのに、物見遊山に来ました——みたいな顔をしている。

「おお！　そなたは、あの夜の……！」

忠長が壮士の正体に気づいて表情を一変させた。恐怖に引きつっていた頬に生気が戻る。

信十郎はすこし、微笑んだ。

「それがしを覚えておいでてでございましたか」

「当たり前じゃ！　わしが命の恩人よ。どうして忘れようものか！」

二年前、本多正純とキリの策略にかかった忠長は、深夜の江戸市中に誘《おび》き出され、同様に出歩いていた家光ともども暗殺されかけたことがあった。そのときに駆けつけてきて、兄弟二人の命を救ったのが信十郎であったのだ。

「探したのだぞ！　是非とも我が供回りに加えんと思うてな。……ウム、わしの目に狂いはなかった！　そちほどの剣客、日本国に二人とおるまい」

「過分なお褒めの言葉を賜り、恐懼いたしまする」

家光の命も何度も救ったが、家光が信十郎を探しているとか、召し抱えようと考えている、などという話は聞いたことがない。どうやら忠長のほうが、すこしは、武士の魂を持っているようだ。

鬼蜘蛛もやってきて、信十郎の背後で膝をついた。

宣正は訝しげに、忠長と信十郎の顔を交互に見た。

「殿、この者をご存知なのでございまするか」

忠長は首を振った。

「よくは知らぬ。……そういえば、そちはいったい何者なのじゃ？」

信十郎は懐から秀忠の書状を出した。

「まずは、これをご覧くだされ」

書状は小姓の手を介して、忠長の手元に渡った。忠長は目を通し、「うむ」と満足げに頷くと、宣正に回した。

宣正は一読し、礼儀をあらためて信十郎に訊ねた。

「大御所様の隠し旗本でござろうか」

「波芝信十郎と申しまする。……まぁ、そのような者です」

「父がよこしてくだされたのだ。この者に宰領させれば大過はあるまい」

忠長はやはりお坊っちゃま育ちで、すっかり信十郎に気を許している。勝手に大船に乗った心地になっているようだ。一方の宣正は、それでも不安げに訊ねてきた。

「援軍はいずこに」

「関東郡代様のご配下が近くまで来ている筈ですが……」

鳶澤甚内率いる関東乱破のことである。

「ちょっと遅れているようですな。まあ、どうにかなりましょう」

相も変わらず悠揚迫らぬ態度と口調で信十郎は答えた。視線は周囲の低山帯を眺めている。

――囲まれておるな。

呑気な顔つきとは裏腹に、危機を鋭く感じ取っていた。

話は数日前に遡《さかのぼ》る。

大御所秀忠が小石川の周辺で鷹狩りを催したという記録が残されている。

秀忠はおよそ無趣味で生真面目な男で、鷹狩りなどは好まない。であるからこそ周囲が驚き、記録にも留めたのであろうが、とにもかくにも秀忠は、鷹狩りを名目にして城外に出た。

警護にあたるのは西ノ丸書院番士である。秀忠は「諸大名の江戸屋敷にも近いのに、あまり警護を厳しくすると、臆病者だと笑われる」と言って、身の回りは近臣数名を引き連れるのみに留めた。

日が中天にさしかかった頃、秀忠は「喉が乾いた」と言って、たまたま近くにあった寺に足を向けた。

「茶を所望じゃ」と言うと、住職は畏まって秀忠を本堂に上げた。近隣の寺や庄屋屋敷は、いつ大御所様が訪れても対応できるように、準備がされていたようだ。

秀忠が茶を喫していると、本堂に男たちが入ってきた。境内を警備する近臣たちは見て見ぬふりをしている。

「来たか」

秀忠が頷くと、信十郎と鳶澤甚内は、挙措《きよそ》正しく平伏した。

秀忠は二人にも茶を出してくれるよう、住職に頼んだ。

茶を持ってきた小坊主が下がるのを待って人払いをし、秀忠は二人を近くに呼び寄せた。

「話が遠い。それに、余人には聞かれたくない話じゃ」

「はっ」

信十郎が膝を進める。甚内もその斜め後ろに膝行した。

「久しゅうござるの。お元気にしておられたか」

秀忠は、旧主・秀吉の遺児である信十郎には、丁寧でかつ、親しげな言葉をかける。

秀忠は信十郎の兄の秀頼を殺した男であり、信十郎にとっては敵《かたき》なのだが、信十郎自身、今さら徳川家に敵対して、天下に無用の騒乱を引き起こすことは望んでいない。

この二人の共通の希《ねが》いは、日本国の恒久平和であり、戦国時代の再来を未然に防ぐことなのだ。

二人とも『天下人の不肖の息子』である。いつしか二人には、友情のような感情すら芽生えていた。

「はっ、大御所様におかれましても――」

お変わりなく、とか、ご機嫌麗しく、と言おうとしたのだが、目の前に座った秀忠は激しく窶《やつ》れているし、機嫌がよいようにはとても見えない。

それでも普通は紋切り型に挨拶をするものなのだが、信十郎は異常なまでの正直者である。思わず言葉に詰まってしまった。

秀忠は笑った。儀礼を抜きにして、人として真っ正直に対応してくれる信十郎に、あらためて信頼と親しみを覚えた。

「わしは面変《おもが》わりいたしたか」

「いささか」

「なあに、ちょっと疲れておるだけよ」

「ご心労にございまするか」

「まぁな」

「それでわたしをお呼びなされましたのか」

秀忠は信十郎をしみじみと見つめた。信十郎は頼もしげに、「心配事があるなら、なんでも俺に言え」という顔をしている。ありがたい男だと思った。

「実はの、頼みがある。徳川家の恥を忍んで申すのじゃ。聞いてくれるか」

「なんなりと」

秀忠は、一つ、息を吸い込んでから告げた。

「我が息子、忠長の命を救ってやってほしいのじゃ」

信十郎は予想以上の不穏な事態に眉根を曇らせた。

「何事が起こっているのか、ご説明いただきたく存じまする」

「それならば拙者が」

甚内が代わりに答える。

「日光の山法師たちに、怪しい動きが見られまする」

関東乱破、風魔一族の勢力範囲と、日光僧房衆の勢力圏は近接《かんす》している。

それぞれはすなわち、関東郡代・伊那忠治と、日光輪王寺貫主・天海の勢力圏でもある。

関東郡代と風魔一族は秀忠に忠節を誓っている。一方の天海は、斉藤福の後ろ楯であるのだが、その福が、家光可愛さのあまり、とんでもない勇み足を踏み出しているようなのだ。

秀忠は大御所で、徳川家の総師なのだから、陰謀逞しい家臣どもなど軽く一喝するか、追放するか、打ち首にでもしてしまえばよいのであるが、そうもいかない事情があった。

徳川という家は、『無二の忠臣たちに支えられた忠義の家』ということになっているが、それは多分に政治宣伝というもので、実態はその正反対である。常に内訌を抱えた下克上の家なのだ。例えば、家康の祖父と父は、二代つづけて家臣に殺された。

家康が二十代の頃には大規模な一揆が発生し、大勢の家臣が反旗を翻した。徳川の正史では『一向一揆（宗教一揆）だった』ということになっているが、反乱に参加した武将の顔ぶれを見ると、ほんとうは反家康のクーデターだったのではないかとも思えてくる。

家康も無罪ではない。実の息子を殺したり、追放したりしなければならなかった。大御所秀忠が恐れているのは、大規模な反乱・内紛の再来である。

秀忠は実力で二代将軍の座に就いたのではない。実力からすれば、兄の秀康のほうが遙かに上だったし、そもそも長兄の信康が生きていれば、後継者としてお鉢が回ってくることすらなかったのだ。

秀忠は父の家康や徳川の有力家臣たちに担ぎ上げられた神輿だった。「あいつならおとなしく操られているだろう、担がれたままジッとしているだろう」と思われたからこそ推戴された。

有力家臣の扱いを誤ると、彼らはヘソを曲げてしまい、勝手に誰かを（例えば尾張家など）を押し立てて徳川家の分裂を策すであろう。その先に待っているのは戦国時代だ。戦下手の秀忠には、家臣の反乱を鎮めつつ、外様大名の反抗を叩き潰す力などない。

戦国の世になっていちばん困るのは、弱い庶民たちだ。

秀忠は力量はないが責任感はある。天下の統治者として自分が何を為すべきなのか、何をしてはならないのかを知っていた。

なんとしても、内紛は未然に防がねばならぬ。あるいは、外様大名どもにつけいる隙を与えず、鎮圧せねばならない。それには表立った処理ではなく、影の働きが必要なのだ。人知れず事件を処理できる人材が欲しかった。

そのために白羽の矢が立てられたのが信十郎である。かくして信十郎は、徳川家の御家騒動に何度も関わり、将軍家を転覆せんとする陰謀を潰してきた。

「どうやらまた、波芝殿にお頼みするしかなくなってしまったようだ」

秀忠は、疲れた顔つきで懇願してきた。

六

信十郎は忠長の行列を追った。かくして、危ういところで追いついたのであった。

松野主馬が訊ねてきた。

「して、波芝殿には、いかにしてこの窮地を切り抜けられるおつもりか」

「左様ですな」

信十郎は忠長の顔を真っ正面から見つめた。

「その前に、中納言様のご存念をお伺いしたい。ここから江戸に引き返すか、それとも日光に向かわれるか」

「知れたこと」

いつのまにか自信と矜持を取り戻した忠長が高らかに宣言した。

「臆して引き返すは我が意にあらず。日光に向かおうぞ。東照神君様の御神霊が我らを待っておられよう」

「いかにも。それが最善かと存じまする」

信十郎は同意したが、朝倉宣正は怪訝な顔をした。

「攻撃のやんだこの隙に、宇都宮に戻ったほうがよいのではないか。まさか、奥平家が殿を押し包んで殺すとも思えぬ」

信十郎は宣正を見つめ返した。

「いかにも、中納言様を弑《しい》し奉るとは思えませぬ。おそらくは……」

「おそらくは？」

「中納言様をお救いしたうえで、曲者どもを掃討すべく、兵の一団をこの地に差し向けましょう」

日光道中の治安維持は宇都宮藩の責務でもある。

「そして、おそらく、『中納言様を襲ったのは野盗の一団だ』とでも言い出すのでございましょう」

「すると、どうなる」

信十郎は、チラッと忠長に視線を向けた。

「中納言様は、野盗風情に恐れをなして、東照社へのご参拝を取りやめて逃げ帰ってきた――と、悪しき噂が立つことでしょう」

「おのれ！」忠長が激昂した。「つまりはそれが狙いか！」

「いかにも。進んでは死地、逃げ帰れば中納言様の御体面が損なわれまする」

朝倉宣正と松野主馬は唸った。

「腸《はらわた》が腐っておる」

と松野が激昂した。

「恐ろしく頭の切れる者が、裏で糸を引いておると見えるな」

宣正は溜め息をついた。

忠長は決断した。

「ならば進むにしくはなし！　曲者どもを蹴散らしてくれん！」

「しかし」

宣正が遮った。

「あの曲者どもは十中八九、日光山の山忍びども。いわば天海の子飼い。このまま進むは敵の懐に飛び込むようなもの。あまりにも危険にございまする」

信十郎が代わりに答えた。

「そうとも限りますまい。否、あの者どもが天海様の配下であることは疑いのなきことなれど、天海様がそれを認められるはずもございませぬ。中納言様が日光に辿り着くことさえできれば、天海様は素知らぬ顔で恭しく、中納言様を迎えられましょう」

「だがのう、波芝殿。日光は天海の領地のようなものぞ」

「いいえ。日光には、日光惣奉行を仰せつけられた松平《まつだいら》右衛門大夫《えもんだゆう》正綱《まさつな》様、ならびに秋元《あきもと》但馬守《たじまのかみ》泰朝《やすとも》様が御在陣。また、日光守護の同心衆が在陣しておわす。いかな天海様とて、惣奉行様と日光同心の見ている前で、忠長様に手出しすることはできますまい」

「左様であったわ！」

忠長が手にした扇をパシリと鳴らした。

「日光同心は、元はといえば武田の家臣。しかしてわしは甲斐の領主じゃ、話の通じぬ相手ではない」

甲斐国を領有する忠長の家臣には、武田の旧臣が数多くいる。それらの縁故を辿れば日光同心を味方につけることも難しくない。

信十郎も頷いた。

「この盆地さえ抜ければ、勝利は我らのもの。今市の宿には徳川の御旗本衆が在陣しておられる。敵の襲来はやみましょう」

「ならば早速にまいろうぞ！　馬引けィ！」

忠長が床机《しょうぎ》を蹴立てて立ち上がった。

「東照神君様も御照覧あれ！　この忠長、見事御敵を打ち倒し、東照神君様の御神前に参詣してご覧に入れまする！」

勇躍、馬に歩み寄った。

松野主馬が顔を寄せてきて小声で訊ねた。

「して、具体的にはどのようにして、あの山忍びどもを打ち払うおつもりか」

これからそれについて軍議をしようと思っていたのに、もう忠長は馬上の人になっている。

「これはなんとしたことぞ」

あと一歩で忠長の首を討ち取れる。そう確信した瞬間だった。謎の男たちが乱入してきて、天海の作戦意図を挫いた。

配下の山忍びたちは次々と討たれた。天海は困惑し、配下の者どもを下がらせた。一旦攻撃を中止して、様子を見ようと思ったのだ。

——いかんな……。

天海はこの時代の日本国においては、最高級の知能の持ち主である。理知的で計算が細かい。戦略も理詰めで構築してある。そんな彼にとって何より苦手なのが番狂わせである。想定外の何者かに闖入《ちんにゅう》されることをなにより嫌う。

想像を絶する何者か、という者は、滅多にいないが稀にはいる。稀にしか存在しないのだから無視していいはずなのに、なぜか、「ここぞ」という切所《せっしょ》に限って乱入してくる。そして天海の頭を混乱させて、踏むはずのない蹉跌《さてつ》を踏ませるのだ。

怪我を負った忍びたちが陣に戻ってきた。天海の智嚢を信じて敵に向かっていった者たちだ。「こんなはずではなかった」「天海様はこの事態を予見していたのか」と、不安げな顔には書いてある。天海の感受性は過敏にすぎて、配下の者どもの想いを読み取ってしまった。

――以前にも、こんなことがあった……。

下忍たちの表情が遠い記憶を呼び起こした。

遠い昔、京の山崎で、いるはずのない場所に、率いることのできないはずの大軍を擁して現われた猿顔の敵将がいた。精密に組み上げられた天海の戦略は、ただ勢いのみで押して来る相手に覆された。まさに『想定外の何者か』そのものだった。

――なあに、屈するものか。

天海は挫けそうになる自分自身を鼓舞した。ちょっと予定が狂っただけで気弱になったり焦燥したりするのが悪い癖だ。もう八十九歳なのだから、自分の弱点ぐらい克服できないでなんとする。

そこへ風鬼が戻ってきた。天海は悠然たる態度で風鬼を迎え入れた。

「何者かが、やってきたようじゃの。どうやら忍びの心得があるようじゃ。しかもなかなかの手練と見えるが、何者じゃ」

風鬼は「はっ」と答えて片膝をついたが、頭を下げたままで黙している。

天海は一目で、「風鬼め、何か知っておるくせに、このわしには隠しておるな」と見抜いたのだが、あえて問い詰めることもしなかった。

天海は、釆配代わりの払子を振った。

「すでにして、敵の半数は手負い。矢玉も尽きかけておろう。このまま押し包んで攻めつづけるぞ。まず、一刻、あるいは一刻半で片がつこう」

「はっ」と答えて風鬼は、枯れた草むらの野に戻って行った。

鬼蜘蛛は片手を目の上にかざして、四方の山々を眺めた。

「これは、よさげな山並みじゃのう」

山ノ民である鬼蜘蛛にとってよさそうに見える、ということは、敵の忍びにとっても好都合な地形であり、一方、武士にとってはきわめて都合の悪い地形である、ということを意味していた。

信十郎は答えた。

「金山があるということだ」

「うむ。たしかに、掘ればなんか、出てきそうな山並みやで」

山師は山の形を見れば、鉱脈の有無がおおよそわかる。

「おそらく、左右の山々には、山師が作った山ノ道が縦横に走っておることだろう」

「鉱山があるんや。そりゃ、そうやろな」

「忍びは山道を移動できる。が、中納言様の御家中には無理だ」

武士の経済基盤は農業である。それゆえ平地を治めることしか頭にない。武士の戦法や重たい武器は、平原での戦闘には滅法強いが、山中でのゲリラ戦には滅法弱い。そもそも山地を治めようという気がないのだから、山中の戦闘などまったく考慮していないのだ。

信十郎はあらためて四方の山を眺めた。敵は山中を素早く移動するが、駿河主従は山に囲まれた盆地を進むしかない。すでにして包囲されたも同然だ。死地である。

鬼蜘蛛も難渋な顔つきで下唇を突き出した。

「誰が忍びどもを操っておるのか知らんが、そつのないやっちゃな」

「うむ。実によい場所で仕掛けてきた」

「感心しとる場合やないで」

「そうだ。感心しとる場合ではない」

信十郎の足元に山忍びの死体が転がっていた。信十郎は半弓を拾い、弦《つる》を引いて確かめた。

「使えそうだ」

死体の腰から矢壺を奪って自分の腰に巻きつける。忠長主従の待つ本陣に戻った。

「いつまでもここに留まってはいられませぬ。夜になればますますもって不利になります」

「いかにもじゃ。いつまでもここにおるつもりはないぞ」

「我らは堂々と陣形を組んで進みましょう。忍びの手に乗せられてはなりません」

厳しく陣形を組んで押し通れば、相手はたかだか、半弓や手裏剣で攻撃してくるだけの小勢だ。恐れることはない。

武士の陣形が正道だとしたら、忍びは奇道で攻めかかる者である。正には奇が有効だが、同時に奇には、正で対するのがいちばんよい。

陣形を組み直しながらも、松野は不得要領の顔つきだ。

「しかし行く手には深い草むらがある。街道筋を進むにせよ、左右の草むらから挟み打ちにされてはたまらぬぞ。毒矢が一本、殿のお身体に刺さったら我らの負けじゃ」

「いかにも左様にございましょう。……鉄砲を一丁お借りしたい」

「何に使う」

「合図を送ります」

信十郎は、鉄砲足軽から火縄銃を受け取ると、筒先を天に向け、無造作に撃った。

発砲音が山々に谺《こだま》した。

すると。

「あれはなんじゃ！」

忠長が問い質した。盆地の端に白煙が立ち上りはじめた。何者かが枯野に火を放ったらしい。

信十郎は馬に跨がりながら答えた。

「関東郡代様の御配下にございまする」

風魔衆の一団が火を放ち、枯野に潜んだ山忍びたちを炙《あぶ》り出しにかかったのだ。いかに忍びといえども炎の中には潜んでいられない。また、背の高い草を焼き払うことでこちらの視界を開くことができる。

「火が十分に回るまで、今一刻ほどのご辛抱を」

信十郎が忠長に言上すると、忠長は満足そうに頷いた。

「なんたること。火攻めか！」

天海は愕然とした。これもまた想定外の事態だ。

この季節、関東平野では風は北西から南東に吹く。関東に限らず日本じゅうどこでも同じだろうが日本海からの風が太平洋に抜けていくのだ。

天海は日光（北西）を背に陣を布いている。忠長家中が火を放っても、こちらに吹き寄せてくることはない。忠長たちが勝手に煙に巻かれるだけだ。

戦に際して火を放つのは常道だ。天海ほどの戦巧者が知らぬわけがない。わざわざ風上に陣しているのに、火は、なんと、盆地のさらに北西の端からかけられた。

「忠長め、忍びの者まで率いていたのか！　否、そのようなはずはない！」

忠長家中の行列の陣容は、江戸を出てからずっと見張らせていたのだ。忍びの影などどこにもなかった。天海の配下は山忍びだ。彼らの目を誤魔化すことはできないはずだった。

そこへ配下の者が駆け寄ってきて平伏した。

「風魔衆です！」

「なんと！」

天海は思わず、床机を蹴って立ち上がった。

「関東郡代め、忠長に味方しようとてか」

関東郡代・伊那忠治とは昵懇《じっこん》の仲だ。東照社造営に必要な資材や人員、食料などは、関東郡代の手配で日光まで運ばれてくる。今まで何度も顔を合わせて折衝した。それなのに、いきなり自分に向けて忍びを放ってくるとは。

——いや、これは予想されていたはずだ。

天海は座り直した。

徳川家は内紛の家。面従腹背、油断のならぬ家臣たちの棲む魔窟だ。三河者といえば、顔つきは日本一朴訥で純情そうに見えるのだが、その実、腹の内は日本で一番ひねくれている。日本国の百姓の悪いところを凝縮したような者たちだ。……と、天海は常々思っている。

わかっていながら関東郡代のしっぺ返しを予見できなかった自分の手落ちなのだ。

「折敷け！」

松野主馬が鉄砲隊に命じた。すでに火薬と弾は籠められ、火縄が装着されている。鉄砲足軽は片膝立ちで銃を構えて待ち構えた。

忠長主従の目の前で、枯野が業火をあげている。秋の乾いた風に煽《あお》られて、メラメラと燃え盛っていた。

「キエーッ！」

炎の中から奇声が発せられた。忍びたちが数名、躍り出てきた。もはや決死の覚悟だ。刀を振りかざして最後の突撃を敢行した。

「撃てーっ！」

松野が采配を振り下ろす。忍びたちは為す術もなく撃ち倒された。

枯野に火が燃え広がっていく。無事なのは忠長たちが陣している、刈り取られた田圃の所ばかりだ。忍びたちは炎と煙にまかれて逃げて行った。

「放て！　撃ち放て！」

松野が声を枯らして鉄砲隊に命じる。忍びたちは鉄砲玉で追い打ちされて、さらに遠くに逃げ散った。

「今です」

枯草もあらかた燃え尽きて、火勢の弱まったのを見て取った信十郎は、陣の前進を薦めた。

「進め！」

松野が采を振る。忠長の供回りの騎馬武者が蹄を蹴立てて走りだした。

周囲の山々から、新手《あらて》の忍びたちが駆け降りてくる。忠長を押し包もうという算段だ。

敵の包囲が完成する前に、逃げきらなければならない。

「ここは一気に駆けまする！　左右におかまいなさるな！」

信十郎が忠長に馬首を寄せて叫ぶと、忠長は武者震いしながら頷いた。

「波芝こそ遅れるでないぞ！　しっかりとついてまいれ！」

馬腹を蹴る。馬が勢いよく前足を蹴り上げた。

「者ども！　かかれ！」

忠長は抜き身の太刀を振りかざして吠えた。切れ長の双眸が蒼い炎をあげたように見えた。

忠長の馬は駿河中納言に相応しい、選りすぐりの悍馬だ。たちまちのうちに前陣の騎馬隊に追いついた。

「押せッ、押せーッ！」

忠長の熱狂に引きずられて駿河家中の全員が駆けだした。雄叫びをあげて突撃する。

信十郎は忠長の脇についた。忠長を鉄砲の狙撃から守る位置だ。

山忍びたちは駿河家中をこの盆地に封じ込めるために、街道の出口に柵を構築していたが、勢いに乗る騎馬隊はやすやすと馬蹄にかけて押し倒した。

忍びたちがタジタジと後退する。覆面から出した目が恐怖に泳いでいる。松野は馬上からの槍の一突きで忍びの一人を串刺しにした。

「主馬、見事！」

忠長が高笑いしながら褒めた。

信十郎は半弓に矢をつがえて次々と放った。むろん、馬を走らせながらだ。忠長を狙って手裏剣を投げようとする忍びたちを射倒した。

粗末な馬防柵を乗り越える。騎馬隊が開けた敵陣の穴に、駿河家の槍隊が突入していく。もはや駿河家中の勢いを押しとどめることは不可能だ。

天海の手に握りしめられた払子が激しく震えた。先頭を走る忠長を見つめている。

「……あの顔は！」

四十余年前、本能寺にて滅した第六天魔王の顔、そのものではないか。

色白の、頬の削ぎ落とされたような輪郭、逆立った薄い眉。高い鼻梁。そして、蒼い炎を噴き上げたような鋭い眼差し。甲高い叱咤の声までそっくりだ。

「信長の――」

生まれ変わりか。

忠長の母が、信長の姪であることは知っている。それにしても似すぎではないのか。

天海は恐怖に震えた。

もしやしたら駿河中納言は、自分を罰するために地獄から蘇った信長本人なのではないのか、などと、宗教家としてあるまじき妄想に襲われた。

天海は逃げた。もはやこの地で忠長を討ち取ることはできない。一刻も早く日光に戻り、今後の対処をせねばならない。


「つづけッ！　つづけッ！」

忠長が甲高い声で下知する。

駿河家中は徳次郎宿北方の盆地を抜けて、次の宿場の大沢に出た。背後ではまだ白い煙が立ち上っている。が、大沢宿は、何事もなかったかのように静まりかえっていた。

旅人たちが旅籠の前でひとかたまりになっている。駿河主従が宿場に乗り込むと慌てて土下座した。

松野主馬は馬上から声をかけた。

「そのほうども、そこで何をいたしておる」

旅人の一人がおそるおそる顔を上げた。

「駿河のお殿様がお通りになるっちゅうんで、下々は通ることまかりならぬ、というお触れが出ましただで、お殿様ご一行の通りすぎるのを待っておりましただ」

山忍びたちが宿場役人のふりをして、偽物の高札でも立てたのであろう。松野はフンと鼻を鳴らした。

「もうよいぞ。行くがよい」

どうやら恐ろしい罠は通り抜けたようだ。大沢宿は旅人も宿場の者も、呑気な顔つきで行き交っていた。

第六章　激　流

一

日光山内。

天海の指導の下、徳川家が造営中の東照社は、大谷川と稲荷《いなり》川に挟まれた高台の上にある。もともとこの地を開いたのは、奈良時代末期から平安時代初期にかけて活躍した高僧、勝道《しょうどう》上人だ。

天平神護《てんぴょうじんご》二年（七六六）、上人はこの地に四本竜《しほんりゅう》寺を建立し、山岳宗教の聖地として日光を開山した。

神橋を渡り、四本竜寺に参拝し、弘法大師が修業したという児玉堂を経て山道を登って行くと、勝道上人の墓地を祀る御堂に出る。そこから稲荷川に沿って滝尾神社まで参詣道がつづいているのだが、この道沿いには千軒とも謳《うた》われたほどに無数の宿坊が建ち並んでいた。

これらは皆、日光山に帰依する修験者（山法師）たちの修行堂である。この参詣道をさらに登って行くと日光山系の登山道に繋がる。今でもそうなっている。修験者たちの信仰の場は日光の山地すべてである。山中のいたるところに祠や御堂があり、石像や石碑が立っているのだ。

四本竜寺から滝尾神社にかけての参道は、二十一世紀の現在では、訪れる観光客も少ない寂れた場所で、修験者の宿坊など一軒も残っていないが、かつてはこの地こそが日光の中心だったのである。

その千軒の宿坊が緊張に包まれている。修験者たちは『流れ歩く者』である。当然、土地に縛られて生活する農民や町人たちより遙かに世情に通じている。駿河中納言の主従が襲われた事件についても、おおよその事情に通じていた。

であるからこそ彼らは緊張しきっている。短気で激昂しやすい忠長が日光山焼き討ちなど謀らぬともかぎらない。

日光山の修験者たちも戦国の世を生きた者たちだ。自分たちの聖地や信仰を護るためなら宗教一揆も辞さない。天海からの命が下れば、金剛杖を片手に飛び出して、忠長主従に襲いかかる覚悟はできていた。

鬼蜘蛛は急峻な石段を登って行った。

稲荷川を挟んだ千軒宿坊の対岸には、外山《とやま》という小山が立っている。『立っている』と表現するのが相応しい形状の山だ。急角度の放物線を描いて天に向かってそそり立っている。周囲はなだらかな地形なのに、突然、この山だけが盛り上がっているのだ。尾根はどこにも繋がっていない。完全な独立峰だった。

頂上へ向かって一本だけ、石段がまっすぐに延びている。登り詰めるとそこには毘沙門天を祀った御堂があった。

毘沙門堂の周囲を駿河家の武者たちが固めている。さらには日光奉行配下の同心たちが詰めていた。

「なるほど、うまい所に陣したもんやな」

鬼蜘蛛は感心した。

この山は、毘沙門堂を祀る霊山であると同時に日光奉行所の砦でもあった。眼下に千軒宿坊がよく見える。山法師たちの動向も手に取るようにわかる。

勝道上人以来の修験者たちからすれば、徳川家による日光山の造営は痛し痒しだ。徳川家の聖地に認定され、豪華な社殿が次々と建てられ、暮らし向きも山中の修行道場とは思えぬほどに豊かになった。それは結構な話なのだが、しかし、今まで自分たちが拝んできたのとは違う御神体を押しつけられたのではたまらない。ましてそれが、徳川家康の死体と魂だというのだから、いかにも困る。

修験者の中にも過激分子はいる。徳川家と日光奉行を敵視している者たちも少なくない。日光奉行は彼ら過激派を封じ込めるための拠点を必要としていた。そして目をつけたのが、この外山であったのだ。

南に目を転じれば、日光街道が遙か今市宿まで遠望できる。日光に攻め寄せる敵の姿を遠くから察知することが可能だ。

しかもこの山の形が素晴らしい。小勢で守るには最適の場所だ。

仮に、日光の山法師たちが攻めかかってきたとしても、急な山道を登るので精いっぱい、攻撃などは思いもよらない。

一方、頂上で待ち構える側は楽なものだ。槍でツンツンと突いてやれば、敵は勝手に転がり落ちていくことだろう。

毘沙門堂の境内には忠長の馬印が高く掲げられていた。金色の幟が陽光に眩しく照らし出されている。遙か彼方からでもこの輝きを目にすることができるに違いない。

鬼蜘蛛は毘沙門堂の階《きざはし》を昇って板戸を開いた。

「駿河の殿さん、いてるか」

堂の暗がりの中に信十郎が座っている。全身に鎧を纏い陣羽織まで着けていた。

信十郎は鬼蜘蛛を見て笑った。薄暗い中で歯だけが真っ白に目立った。

「中納言様はどうなった」

鬼蜘蛛は堂内の板敷きに腰を下ろした。

「日光奉行の役宅や。日光同心どもが十重二十重に護っとる」

「山法師は」

「まだ、殿さんはここにおると思っとるようや」

「そうか。それではあとすこしばかり、目立ってこようか」

信十郎は外に出ると、いかにも忠長らしくイライラと歩き回って、意味もなく采配を振り回した。信十郎が影武者であることを心得きっている駿河家の家臣たちが、叱られた様子を装って低頭した。

「似とる似とる」

鬼蜘蛛は手を叩いて褒めた。

忠長の鎧と陣羽織を着けた信十郎の姿は、対岸の山法師（修験者）たちの目にもはっきりと見えたことだろう。信十郎は堂内に戻った。

信十郎は座り直してから訊ねた。

「天海殿は、なんと申しておる」

「さあ、それや」

鬼蜘蛛も身を乗り出した。

「あの坊主、白々しいツラつきで『知らぬ存ぜぬ』や。ほんま、憎らしいで」

「それはよかった」

信十郎はホッと安堵の吐息を漏らした。

「何がエエっちゃうんや」

「天海殿は、もう、中納言様に手出しをする気はなくなったのだ。だから素知らぬ顔を決め込んでいる。やる気ならば鬼の形相で攻め寄せてくるであろうからな。……これでまずは一安心だ」

「しかしのう」

鬼蜘蛛は下唇を突き出して小首をひねった。

「仮にも将軍家の弟君を討とうとしたんやで。知らぬ存ぜぬではすまされぬと思うがのう」

「そこは天海殿だ。何かお考えがあるのだろう」

家康に知恵袋として仕えた天海が、暗殺に失敗したときの対処を考えていないはずがない。何事か、思いもよらぬ詭弁や言い訳を用意しているに違いないのだ。と、信十郎は思った。


輪王寺の本坊（今でいう社務所）の、貴賓を通す客間に朝倉宣正が座っている。やがて侍僧の手で舞良戸《まいらど》が押し開けられて、天海が静々と足を運んできた。

金糸銀糸の縫箔で飾られた豪華な法衣姿だ。さすがは輪王寺貫主。馥郁《ふくいく》たる香まで焚きしめている。

宣正はサッと平伏した。腹の内では、天海こそが忠長暗殺の首謀者だと確信しているのだが、証拠がない。むろんのこと、ここで問い詰めて自白させるつもりもない。この場は条件闘争である。こちらに有利な条件で天海に手を引かせ、貸しを作るためにやってきたのだ。

政治の世界は駆け引きである。さらにいえば、いつなんどき敵が味方になるかわからない。天海としても、ここは素直に負けを認めて忠長主従に借りを作っておくのが得策であるはずなのだ。それもある意味で一種のコネクションなのである。政治の世界は奇々怪々だ。

と、こういうふうに推移するであろうと宣正は高をくっていたのであるが、その天海が、思いもよらぬことを言いだした。

「ご道中でのご受難、耳にいたしましたぞ」

天海は梅干しでもしゃぶったような顔をした。八十九の老人だ。顔全体が皺だらけになった。

「日光には、全国各地から諸大名の隠密どもが忍び寄ってまいりましてな。拙僧ども難儀いたしておるところでござる」

宣正は、とりあえず言いたいことは言わせておけ、という気分で耳を傾けた。

天海は白々しくつづけた。

「しかして、配下の修験どもを走らせたところ、塩梅よく、曲者どもを捕らえることができ申した」

「なんと言われる」

宣正の視線が泳いだ。予想だにせぬ物言いだった。

天海は『得たり』とほくそ笑んだ。

どちらが老人かわからない。宣正のほうが惚けた顔つきをしている。天海は繰り返して言い含めた。

「駿河中納言様のお命を狙った曲者どもを捕らえ申した、と申したのじゃ」

宣正は腹を据え直して問い返した。

「して、その者どもの正体はいかに」

「左様。根来の忍びどもでござったわ」

「根来……」

「いかにも。根来と申せば、紀伊様か尾張様に仕える隠密ども。……ときに筑後守殿、ご貴殿はお聞き及びか」

「何を、で、ございましょう」

宣正が混乱している隙に乗じて、考えを纏める隙も与えず天海は畳みかけてきた。

「此度《こたび》の中納言様の駿河封襲。かつて駿河の大御所様旧領を領しておられた紀伊様が快からず思うておられる、という話を」

「それは風説——」

「などと悠長に構えておる場合ではあるまい」

天海の双眸が鋭く光る。炯々たる眼光で睨み据えられ、宣正は思わず、叱られた子供のような心地になって身を竦《すく》めた。家康のブレーンと朝倉の落武者。経歴、人格の違いである。

「現に、駿河中納言様のお命が、根来の忍びどもに狙われたではないか」

「そ、それはまことに、根来の忍びなのでございましょうや」

「お疑いなら、関東郡代にお確かめなさるがよろしかろう。郡代の手の者たちが近隣一円で根来の者どもを狩りたてておった最中。……ウウム、根来の忍びどもめ、駿河中納言様の暗殺が狙いだったとは。恐ろしい話じゃ」

「郡代屋敷からは、我がほうにも、根来忍びの暗躍が報じられており申した」

宣正は認めざるをえない。日光に向けて発つにあたって、そのような注進を受けていたからだ。

たしかに。忍びの正体を確かめたわけではない。日光山の山忍びと決めつけ、天海が黒幕だと思い込んでいたのだが確証があったわけでもない。

忠長を最も憎んでいるのは家光とその周辺だ。とくに斉藤福は忠長を仇敵視している。天海は斉藤福の後ろ楯である。であるから、その筋からの攻撃だ――と思い込んだのであるがしかし。忠長の敵は家光だけではない。駿河領に執着する紀伊頼宣、尾張義直などにも犯行の動機がある。

「……その忍びがまこと、根来の者であるのなら、たしかに、紀井家、尾張家の関与が疑われましょうが」

「捕らえた忍びは例によって自害いたしたが、あの髪形は余人にはまねができぬ」

切禿は根来衆に特有のものだ。この時代の男は月代を剃っているので、急には切禿にできない。別人の死体を禿にするのは不可能なのだ。

「さらには、頰に銃床の胼胝《たこ》ができており申してな」

日本の火縄銃の銃床は、肩ではなく、頰に押し当てる。厳しく炮術の訓練を積んだ者は頰に胼胝ができてしまうのだ。さらには火薬の煙を浴びて顔全体も黒ずんでくる。また、腕にも炮術師に特有の、火薬を浴びた痕ができる。

これらの特徴は一朝一夕にできるものではない。これらを見せられて根来衆だと言われれば、同意するしかない。

もっとも、肝心の死体は見せられていないのだが、実に堂々とした物言いの天海に圧倒された宣正は、ここまで言いきるのだから、嘘や偽りはないのだろうと思ってしまった。

死体を見せろと言われれば天海は、配下の者が捕らえて殺した、事件とは無関係な根来衆の死体を提示するだけなのだから、結果は同じことだったのだが。

天海はしみじみと同情したような顔つきで、宣正の目を覗き込んできた。

「ご心労が絶えませぬな、筑後守殿。中納言様もおいたわしい限りじゃ」

「ハッ。畏れ入りまする」

「この天海でよろしければ、いついかなるときにでも、助力を仰せつけくだされよ」

「ハハッ、ご厚情痛み入りまする。ありがたき幸せ」

などと朝倉宣正は、すっかり丸め込まれてしまったのだった。


忠長主従は天海から温かいもてなしを受け、東照社参拝を無事に終えると江戸に戻った。

江戸に戻ると天海からの書状が家光、秀忠の許にも届いていた。早手回しに駿河主従の受難の詳報が告げられたのだ。もちろん、天海にとって不利にならないよう操作された情報だ。さすがは天海というべきで、すでにしてそれが幕府の公式見解になっている。忠長主従が「天海が怪しい」と言ったところで誰も耳を貸さないだろう。

『なにを今さら』なのである。後手を踏んだ忠長主従の完敗だった。

二

「我が手の根来鉄砲衆が、日光山にて駿河中納言を襲った——だと⁉」

尾張犬山。成瀬正成は居城の館で怒声を張りあげた。

成瀬家の家臣が恐れ畏まって言上する。

「江戸表では、駿河中納言様の駿河領有を快く思わぬ尾張家、ならびに紀伊様の陰謀であると、まことしやかに——」

「馬鹿なッ！」

成瀬正成は激昂した。

「このわしが、東照神君様の御霊《みたま》の鎮座まします聖地で、そのような悪行をなすはずがなかろうに！」

成瀬正成にとって徳川家康は、生涯にただ一人の主君であり、かつ、生き神であり、死後はまさしく神そのものであった。

成瀬正成もかつて、豊臣秀吉から引き抜かれそうになったことがある。

これは秀吉お得意の愛想で、「貴殿は有能な家臣を持っていますなぁ」などと大名を煽《おだ》てると同時に、その家臣を「お前には五万石の価値がある」などと褒めて自分のシンパにしてしまおうという策なのだが、どうやら成瀬正成に対しては本気だったようで、成瀬本人に断られると、家康まで動かして招聘しようとした。

家康も断りきれずに「太閤殿下がそこまで仰られるのだから、豊臣家に仕えたらどうだ」と口添えをした。すると正成は秀吉、家康両名の前で、「二君に仕えるは恥。どうしてもと言うなら自害する」と大見得をきったのだ。

これほどまでに家康を敬慕していたのが成瀬正成である。

――そのわしが、日光山を血で穢すようなまねをするはずがなかろう！

その程度の道理、家光や秀忠なら当然、理解してくれているものと思っていた。自分ほど徳川家に尽くした者はいない、との自負がある。年寄（老中）の地位を捨て、尾張家の附家老になったのも、それが家康の命であり、かつ、徳川一門のためになると信じたからではないか。

――これほどまでに御家に尽くしたこのわしに、そのような悪行の疑いをかけようとは！

怒りを通り越して絶望感まで湧いてくる。一体全体、徳川の家はどうなってしまったのか。阿呆の巣窟になってしまったのか。

──わし自身が乗り込まねばならぬ！

日光に乗り込み、事の真偽を正してくれる。このまま手をこまねいていたら、汚名を晴らせぬままになってしまう。否、さらなる濡れ衣を着せられてしまうかもしれない。

成瀬正成は勢い込んで立ち上がった。馬を引き出すよう、近臣に命じようとして口を開き、息を半ばまで吸い込んだ。

そのとき、目の前が一瞬にして暗転した。何が起こったのか理解できず、成瀬正成は目を瞬かせたのだが、やはり何も目に映らない。突き出した両手は痙攣し、指が奇妙な形にねじれた。

──息が……、吸えぬ……！

開かれた口がガクガクと揺れる。口の端からよだれが垂れた。

「殿ッ！」

異常に気づいた近臣の叫び声が、遙か彼方から聞こえてくる。

耳鳴りがして頭が押しつぶされそうだ。

成瀬はその場に昏倒した。意識は完全に遠のいた。もはや何も感じられない。

数刻ののち、尾張藩主の義直が馬を走らせて犬山城に乗り込んできた。

「隼人正ッ！」

御殿の寝所に飛び込んだ義直が見たものは、人事不省に陥った成瀬正成の姿であった。

ただ大きな鼾《いびき》をかきながら、昏々と眠りつづけている。呼びかけようとしたら、医師にとめられた。

義直は医師を睨みつけた。

「治るのか」

医師の顔色は芳《かんば》しくない。

「今はただ、神仏のご加護を祈るばかりにございます」

神頼みとは要するに、医者の手にはおえない、ということだ。絶望的である。

――なにゆえこの時に……！

生意気な甥、家光が将軍となり、陰に日向に圧力を加えてくる。忠長暗殺の疑いなどはその典型だ。ここで踏ん張らないと尾張家の存続すら危うくなる。

家康が大御所として駿府で睨みを利かせていた頃、駿府城の『長子』として育ったのが義直である。遠く離れた江戸にいる兄など顔も見ることがない。自分こそが家康の、真の総領息子なのだと思い込んでしまい、しかもいまだに信じきっている。

ましてや、家光など――。家光と義直は甥と叔父だが、年齢は四歳しか離れていない。ほとんど同世代だ。だからこそ、よけいに対抗意識が募る。

家光などに頭を下げられるか！　と、常々思っている。いつの日にか取って代わるべし、というのが義直の野望なのだ。

であるからこそ忠長暗殺などを疑われるのだが、それはそれとして、これから徳川宗家にさまざまな戦いを挑み、また、徳川宗家からの攻撃を退けねばならないというのに、このときにあたって股肱の臣たる正成が倒れてしまった。

これは義直にとって、なによりの痛手であった。

――隼人正、死ぬではないぞ。

義直は痛切な視線を向けてから、名古屋城に戻った。

三

土井大炊頭利勝は、江戸城本丸御殿の畳廊下を堂々と押し渡ってきた。

名実ともに天下の大老の風格である。家康、秀忠と将軍家二代に重用され、幕閣の枢密に関与してきた。そして今は若年の三代将軍に代わり、天下の権をふるっている。

土井利勝は、実は、家康の隠し子なのだと言われている。土井家の家譜にもそのように記されている。それが事実なら、二代将軍・秀忠よりも年長なので、この男が将軍になっていたとしても不思議ではない。

なにゆえ利勝が土井家に養子に出されたかといえば、家康の、不義密通の子だからである。不倫の果てに生まれた子だから隠されたのだ。

いくら昔の話でも、かつ、殿様の権威が絶対だった時代であれ、殿様だからといって、何をしても許されるというわけではない。

逆である。民衆の上に君臨する者として、厳しく人倫を求められたのが殿様だ。実質はどうあれ、建前としては、そういうことになっている。

女体と見れば誰かれかまわず手をつけて、その日から側室にするというわけにはいかない。側室に迎えるにしても、正式に手続きをして、披露をし、周囲の了解を得ねばならない。披露宴とはもともとそういう目的で開かれるものだ。

ところが若き日の家康は、そういうモラルが著しく欠如していたものらしい。好意的に解釈すれば、英雄気質そのものだ。

次々と不義密通の子が産まれたわけだが、家康は、自分の下半身の不始末を誤魔化すために、それらの子供たちを家臣に押しつけまくったらしいのだ。子供からすれば哀れとしか言いようがないが、それでも親子の情はある。家康は、土井利勝や酒井忠世《さかいただよ》など、自分の隠し子たちを幕閣の中枢に就《つ》けた。隠し子たちも父の愛に応え、出来の悪い弟の一家を支えつづけた。

とにもかくにも土井利勝は、実質、将軍と変わらぬ大権を以《もっ》て天下の政治に臨んでいる。

目下の懸案は駿河家の扱いと、尾張義直、紀伊頼宣の処遇だ。

義直も頼宣も、晩年の家康に甘やかされて育ったせいで自意識が肥大しすぎている。ことに義直などは、何を勘違いしているのか、おのれを家康の嫡子であるかのように振る舞っているようだ。

親子ほど年の離れた年長の兄、利勝からすれば、ちゃんちゃらおかしいの一言である。

ここらで一つ、きついお灸を据えてやらねばなるまい。

都合の好いことに、忠長、義直、頼宣を、同時にこらしめる材料ができた。おそらくは、幕閣の何者かがこしらえた策謀であろうが、これを利用しないという手はない。うまく事が運べば、駿河家、尾張家、紀井家ともどもに、その威勢を減ずることができるであろう。

利勝は堂々と大広間に入り『中段』に腰を下ろした。

江戸城大広間は三段に分かれている。いちばん上が、将軍の着座する上段、次が幕府の年寄や大封の親藩（のちでいう御三家。しかし江戸時代初期は越前忠直や松平忠輝、駿河忠長などもこれに含まれたのでその数は三家とは限らない）たちが座る中段、さらに一段下がった所が諸大名の座る下段だ。

家光が太刀持ちを従えて、足音も高く入室してきた。いつもながらに落ち着きのない足どりだ。

中段には利勝のほか、駿河忠長、尾張義直、紀伊頼宣が拝跪している。ことに義直と頼宣は、急に呼び出されての江戸参府だった。

「皆の者、大儀である」

家光がすっとんきょうな声音を張りあげた。一同はまた、深々と低頭した。

「さて」

土井利勝は顔を上げ、親藩の太守たちを睨みつけた。

「此度の不始末にあたって、いくつか問い質したき儀があるによって、御三方にはご登城を願った。上様の御前でもある。左様心得て、有体《ありてい》に言上いただきたい」

幕府年寄というものは偉い。本人は数万石の小大名にすぎないのだが、将軍の代理として天下の治世に臨む者である。赫々たる大大名をつかまえて「そのほう」呼ばわりする。大名たちは深々と頭を下げて礼儀を正さねばならない。うかつに年寄を怒らせたら御家を潰されてしまうのだ。

年寄の座から附家老に転落した成瀬正成があれほど悔しがったのにはこういう理由がある。

利勝は滔々《とうとう》と、流れるような弁舌で、忠長の受難と、その策謀が根来衆によってなされた事実を告げた。

天海が知謀を凝らし、かつ、配下の山忍びたちを総動員してでっちあげた『証拠』が次々と提示される。あまりにも証拠が揃いすぎていて不自然なほどなのだが、それはそれとして、実際に根来衆たちが江戸周辺から日光にかけて潜伏していたのは事実である。

そしてまた、根来衆といえば、紀井家、尾張家の忍軍である、という事実は誰でも知っていた。

尾張義直も紀伊頼宣も、まったく顔色がない。青白い顔をして冷や汗を滲ませ、血の気の引いた唇をわななかせている。

のちには徳川親藩の重鎮として幕閣どもとふてぶてしく渡り合うことになる二人だが、この頃はまだ二十代の若造だ。家康の代から幕政に関わってきた老臣にギリギリとやり込められては声も出せない。

ましてや利勝は『兄』である。弟を叱りつける姿そのものだ。

利勝が家康の隠し子であることは幕府公然の秘密である。当然、義直も頼宣も、目の前に座った老人が自分の兄だと知っている。ますますもって身が縮み、抗弁の声も萎んでしまう。

心当たりがまったくなければ正々堂々と申し開きをするのだが、しかし、心当たりは山ほどある。

紀伊頼宣は、自分の命で根来忍軍を江戸近郊に潜ませたし、尾張義直は、我が身の与《あずか》り知らぬことながら、成瀬正成ならば、その程度の陰謀は逞《たくま》しくしていたに違いない、と確信している。

成瀬に事を問いただし、対処の策を練りたいのだが、成瀬の病は重く、目も耳も言葉も不自由だ。脳の機能を破壊されてしまったようである。

結局のところ、どうにもならない。二人とも首を竦《すく》めて、恐ろしい兄の怒気が去るのをひたすら待つしかなかった。

家康譲りの大きな目玉に怒りを滾《たぎ》らせていた利勝だったが、一転、出来の悪い弟たちを哀れむような眼差しを向けてきた。義直、頼宣の二人は、思わずその視線に縋《すが》りつく心地になっていた。

これこそが土井利勝の狙いである。義直も頼宣も、今この瞬間の苦しみを逃れるためなら、どのような譲歩も辞さぬであろう。長時間、徹底的にガミガミと怒鳴りつづけたのはそのためである。世間知らず、苦労知らずの弟二人は、豪腕の兄にやり込められて、完全に自分を見失っていた。

「ここはひとつ、御二方には上様に対して、誠意をお見せになるべきかと存ずる」

「それは、どのような……」

と訊ね返したのはどちらだったか。利勝はとにもかくにも押しまくった。相手に考える隙を与えてはならない。

「そもそも、尾張、紀州の両家が、根来衆などという素性の怪しき者どもを養いおることにこそ問題がある。かような者どもを抱えおるから、悪しき噂も立つ。痛くもない腹も探られるのですぞ」

そう言われると、義直も頼宣も、そのような気がしてこないでもない。自分たちは忠長暗殺など命じてはいないのだ。日光近辺で根来の忍びが捕縛され、それが根来の忍びだからという理由で、疑われているにすぎない。

義直も頼宣も、人格の根っこの部分はワガママ勝手な若君サマだ。自分にとって不都合だと感じれば、家臣であろうと容赦なく切り捨てる冷酷さもある。

それに、義直にとって根来衆は、成瀬家の家来であって直臣ではない。頼宣にとっての根来衆は、紀州を領してから拾ってやった浪人で、家中での扱いはいたって低い。切り捨てるのになんの痛痒も感じない下級藩士たちだ。

それで疑いが晴れるのなら、などという弱い気持ちが頭を擡《もた》げる。――所詮、土井利勝とでは格も年季も違いすぎた、ということだろう。

「あいわかった」

と、尾張義直が口にしかけたそのとき。

カラカラと高笑いの声が大広間に響いた。土井利勝はギョッとして巨眼を見開いた。駿河中納言忠長が、身をのけ反らせて大笑いしている。心底から可笑しくてならない様子だ。目には涙まで滲ませていた。

「それには及ぶまいぞ、大炊！」

ようよう笑いを収めた忠長が、利勝をキッと見据えて言いきった。

「尾張殿、紀井殿の御家中を放逐するなど、あってはならぬことじゃ」

利勝は一時の動揺からすぐに立ち直ると、忠長に問うた。

「それは、いかなるご所存にございましょうか」

「わからぬのか」

忠長は、信長に似た双眸に、天海をも震わせた強い光を宿らせた。

「これは、この忠長と、尾張殿、紀井殿とを、ひとからげにして追い詰めんとする悪《あ》しき策謀よ！」

忠長にすれば、土井利勝の申しようなど、馬鹿馬鹿しくて聞いていられない。自分を殺そうと謀ったのは天海だ。尾張家、紀井家などでは絶対にない。

その手に乗せられて尾張家、紀井家の戦力を削ぐことなどあってはならない。ますますもって天海の思う壺だ。

だが、なんの証拠も揃わぬからには、天海を名指しで非難するわけにはいかない。天海は斉藤福の後ろ楯、斉藤福は家光の乳母だ。「俺を殺そうとしたのは天海だ」と主張することはすなわち、家光に殺されそうになった、と主張するのと同じことだ。いくらなんでもそれはまずい、という常識は忠長にもあった。

であるから、差し障りのないところに責任を転嫁した。

「おそらく、これは、我ら徳川一族に仇《あだ》なさんとする外様大名の陰謀でござろう」

　チラリと上段の家光に目を向ける。

「違いますかな兄上。なにゆえ叔父上二人が、この忠長に刃を向けねばならぬのでしょう。平仄《ひょうそく》が合わぬことと存じまするが、兄上のご所存やいかに」

「左様じゃな」

　家光は軽々しくも同意した。ひとたび自分が同意すれば、忠長の主張は家光の主張になってしまうのだが、そこまで深く考えているのかどうかはわからない。

「そもそも」

　忠長は腹に力を込め、土井利勝の目を睨みながらつづけた。

「尾張家は東海道の抑え。紀井家は西国の抑えであろう。ならば、忍びの者どもを養って、それらを全国に放つのは当然のこと。……それをなんじゃ、こともあろうに忍びの者どもを両家より取り上げんとは」

　ふたたび家光に目を向ける。

「左様なことを両家に強いれば、喜ぶのは外様の西国大名ばかり。我ら徳川一門にとっては一利もござらぬ」

　家光は身を乗り出して、弟の御説を拝聴する姿勢になっている。この素直に過ぎるところが家光の長所であり、短所だ。

忠長は皮肉げな目つきで土井利勝を眺め下ろした。

「そもそも、根来の忍びなどという輩《やから》、豊臣秀吉が根来寺を焼き討ちしたときより全国に逃れ、散らばっておると思うがの。仮にじゃ。わしを襲うた者が、まっこと根来の者だったとして――」

ここで忠長は、今にも失笑しそうな顔つきをして、「わしを襲った者どもは、根来衆などではないということを、わしは知っておるぞ」と言外に臭わせた。

「根来衆だったとしても、だ、それを理由に紀井殿、尾張殿の策謀と断じるのは、いささか短慮に過ぎはせぬかな」

忠長は「ププッ」と吹き出した。

「冷静沈着な大炊頭とも思えぬ勇み足よなあ」

土井利勝は顔を真っ赤にさせるばかりだ。もともと無理のある話で、勢いと気迫だけで事を運ぼうとしていたのだ。理路整然と言い返されては何もできない。

もはや忠長の独り舞台だ。家光に身体の正面を向け、力を込めて言上した。

「今は兄上の御代始めの大切な時。我ら徳川一門、力を合わせて兄上の治世を支えるべき時と心得まする。みすみす外様大名どもの手に乗せられて、一門の力を削ぐようなことがあってはなりませぬ。いかに！」

家光は満足そうに大きく頷いた。

「まさしくそのとおりじゃ。駿河中納言殿の言葉、我が意を得たりじゃ」

家光の断が下された。尾張家、紀井家への処分は、証拠不十分でお咎めなしと決定された。

土井利勝は拝礼して承りながら、内心では切歯扼腕している。

家光の最大の敵は西国の外様大名などではない。絶対に。

今、目の前にいる忠長だ。明々白々な真実なのに、家光だけが気づいていない。

忠長はこれで、尾張家と紀井家に恩を売ったことになる。義直と頼宣が恩義に感じるなら、この三家は結束を固めて徳川宗家に立ち向かってくることだろう。東海道にズラリと並んだ五十万石超の大藩揃いだ。合わせて百七十万石を超える。徳川家の直轄領が二百五十万石。真っ正面からでも喧嘩ができる石高なのだ。

――おのれ、小僧ッ子どもめ！

利勝は心の中で、弟二人と甥の二人を罵った。

この馬鹿者どもに好き勝手をさせておけば、日本国は確実に内戦になる。父・家康が手塩にかけて構築した徳川政権は崩壊し、悲願であった偃武は終わる。

――させてはならぬ。させてはならぬ。

この小僧ども四人を、纏めて殺してでも、徳川の治世と平和な日本国を守り抜かねばならない。

土井利勝は、そう決意した。

四

話はすこし遡り、忠長が日光を離れた翌日に戻る。

信十郎は忠長一行から離れて日光に留まっていた。天海配下の山忍びたちの動きを見張るためだ。

山忍びたちの動向からは目が離せない。日光山僧坊衆などを煽動して、大挙して忠長を追撃されてはたまらない。

日光奉行所と同心たちも厳戒態勢に入っている。仮にも徳川家直参なのだから、天海(すなわち家光派)と忠長の確執を知らぬ者はいない。日光で騒動など起こされてしまったら幕府と東照神君様の御威光に傷がついてしまう。あるいは自分たちの責任問題にもなってしまうのだ。

しかし彼らはあくまで武士である。忍びの世界の暗闘にまでは目が届かない。

大谷川に堰が作られ、山から伐り出されてきた木が何十本も貯められている。ただの材木ではない。巨大寺院の柱にするための御用材だ。両腕をいっぱいに伸ばしても抱えきれない太さを持ち、とてつもなく高い天井を支えるための長さを持った丸太が、何十本も水に浮かべられているのである。想像を絶する光景だ。

これらの巨木のあいだを縫って、怒濤の水流が渦を巻いている。

大谷川の水とはすなわち、華厳の滝を下り落ちてきたあの水のことである。凄まじい水量だ。堰から溢れ出るさまはまさに、滝そのものであった。

信十郎は岩場の上に立ち、勇壮なその光景を眺めていた。

炎の渦や水の流れは見ていて飽きない。心を惹かれる。吸い込まれそうになる。

かくも巨大な丸太なのに、水のうねりはさらに力が大きいようで、さしもの大木が水面でゆっくりとうねっている。大木同士がぶつかり合って、地響きのような音までたてていた。

これらの巨木は流出を防ぐために、鉄の鎖で繋ぎ止められていた。鎖で繋がれた丸太の上を杣人たちが渡っていく。なんと勇敢なことか。彼らは何事もないような顔つきで巨木を渡り、鎖の留め具を確かめている。どうやら、鎖は鋲で打ちつけられているらしい。

日が翳った。黒々と張った杉の枝の向こうに鼠色の空が透けている。山の天気は変わりやすい。雨でも来るのかもしれない。

杣人たちも去った。一帯は妙な静けさに包まれた。

もっとも、目の前で激流が逆巻いているのであるから静かであるはずがない。にもかかわらず信十郎の聴覚は、一切の轟音を遮断して、背後の気配だけを捉えようとしていた。

杉の古木の林立する斜面の暗がりに、何者かの姿が出現した。あからさまな敵意を漲らせている。

「そなたは」

信十郎は振り返って、懐かしそうに口元を綻ばせた。

「たしか、風鬼とか申したか」

家光の上洛に際して、斉藤福とともに追いかけてきた忍びだ。そのときは家光を狙う御所忍び相手に共闘した。

だが、今日は敵として信十郎の前に姿を現わしたものらしい。柿色の忍び装束姿、覆面の穴から殺気走った視線を向けてきた。

「よくも、邪魔をしてくれたな」

「いきなりなんの話だ」

「天海様に叱られたわ」

信十郎は「ああ……」と納得した。

「駿河中納言様を襲ったのは、そなたの手勢だったのか」

「馬鹿を言うな」

『わしが襲ったのではない』と否定するのかと思ったら、まったく違うことを言いだした。

「あのように未熟な者ども、わしの配下であろうはずがなかろう。わしの配下であったなら、忠長も、そなたも、間違いなく討ち取っていたであろうによ」

忍軍の質の低下に悩まされているのは、いずこも同じであるようだ。

風鬼は刀を抜いた。忍び特有の、短めでまっすぐな刀だ。

「忠長は討ち漏らした。未熟者どもに足を引っ張られたせいだ。しかし、そなただけは、どうでも我が手で討ち取っておかねばならぬ」

信十郎は、すこし、悲しそうな顔をした。

「戦わねばならぬのか」

いたしかたのないことだ、とは理解している。徳川家の暗闘に首を突っ込めば、どうでもこうなる運命なのだ。身分の高い陰謀家たちは素知らぬ顔をして口を拭うが、その陰で数多くの忍びたちが死んでいく。

信十郎は金剛盛高二尺六寸を引き抜いた。

風鬼は笑った。

「戦わねばならぬのか、などと言いつつ、すでにして闘志満々ではないか。お前はやはり、わしが思ったとおりの男よ」

言うなり、いきなり斬りつけてきた。風鬼の小柄な肉体が毬《まり》のように丸くなって突進してくる。

「キエーッ！」

凄まじい斬撃だ。全体重が刀一筋に乗っていた。

信十郎は金剛盛高を斬り上げて受けた。キーンと鋭い金属音が耳朶《じだ》を貫く。

ギリギリッと刃を合わせて二人の男は睨み合った。

金属音の衝撃から聴覚が回復すると同時に、ドドド、ドドド、と激流の渦巻く音が轟いてきた。目の前で合わされた刀がキリキリと鳴っている。金気の臭いが鼻を突いた。

「タアッ！」

思い切り突き放すと同時に刀を振り下ろす。風鬼は真後ろに転がって逃れた。信十郎は追い打ちの二ノ太刀を振るったが、これもかわされてしまった。

風鬼がふたたび突進してくる。今度は小刻みな斬撃だ。身の丈六尺、筋肉質の信十郎を圧《お》し切るのは無理と覚って、素早い連続技を繰り出してきた。

信十郎は難なく受けた。一打ちごとに斬り払うと、体重の差なのであろう、小柄な風鬼の、身体の軸がぶれはじめた。最後にズンッと斬り落とすと、辛くも受けた風鬼だったがその身は真後ろに大きく弾き飛ばされた。

風鬼は一流の忍びだったが、刀での果たし合いでは武芸者に敵わない。

それでも風鬼は余裕の態度を崩さず、すぐに跳ね起きると真後ろにトンボを切って逃れ、さらに一段高い岩場の上に飛び移った。

信十郎は素早く身を寄せて追い打ちをかける。風鬼の脛をめがけて斬りつけた。

風鬼はさらに背後の岩に飛んだ。

これよりすこし前。

輪王寺の護摩堂で朝の勤行をしていた天海の許に、一人の修験者が忍び寄ってきて耳打ちをした。

「……なんじゃと？　風鬼が」

修験者は日光山の僧坊衆の姿をしていたが、その実態は忍びである。「ハッ」と平伏して、容易ならぬ事態を伝えてきた。

「風鬼様は、忠長公の影武者を務めたあの男と決着をつけるべく、今朝、宿坊を発ってございまする」

「なんと！」

これは捨て置けぬ、と、天海は直感した。なぜかはわからない。異様な胸騒ぎがした。

——よもや、風鬼が負けるとは思えぬが……。

思えぬのだが、不思議なことに、もし、風鬼が勝ってしまい、あの男が死んだとしたら、それはそれで大変に困った事態に陥りそうな、そんな予感がしたのである。

——わしも行かねばならぬ。

行ってどうするのか、決闘をやめさせるのか、なんなのか、天海自身にもさっぱりわからないのであるが、とにもかくにも護摩堂から走り出た。

——居ても立ってもいられぬ、とは、こういうことか。

修験者に案内させて走る。輪王寺の貫主が袈裟と法衣を尻まくりして走る。異様な姿に見えるだろうがなりふりかまってなどいられない。


風鬼は岩場の上から信十郎を見下ろし、覆面から出した目を細めて笑った。左手は懐の内を意味ありげにまさぐっている。

「どうやら、真っ正面からの斬り合いではお主に勝てぬようだ。……ならば、これはどうかな？」

右手で刀を突き出しながら、左手を胸の前にやり、指先でなにやら揉むような仕種を見せた。

途端に、その指先から赤紫色の粉塵が溢れ出し、信十郎をめがけて吹きつけてきた。

——いかん！

信十郎は身を翻した。

風鬼は『風を使う忍び』だ。

平安の昔、藤原千方《ふじわらのちかた》という貴族が伊賀国一帯を横領した。国家の土地を私物化したのである。

事態を重く見た朝廷は軍勢を催して千方を攻めた。それに対して千方は、四匹の鬼を使役して抗戦、朝廷軍をさんざんに翻弄したという。

この四匹の鬼のうち、一匹が『風鬼』と呼ばれていた。風を自在に操る術を身につけた鬼である。

結局のところ千方は攻め滅ぼされたのだが、伊賀国では郷土の英雄として尊崇されている。四匹の鬼たちの子孫を名乗る忍びもいて、それぞれに特異な技を伝えていた。今、信十郎を攻めようとしているのがその技だ。風鬼は風鬼一族の何代目に当たるのであろうか。

赤紫の粉が迫ってくる。目潰しか、猛毒か、これを浴びたら間違いなく酷い目にあわされる。信十郎は身を翻した。

しかし粉塵はまるで生きているかのように信十郎のあとを追ってきた。風鬼は、信十郎の逃げる先まで先読みし、そこに向かって吹くであろう風の流れに毒粉を乗せて放ったのだ。

信十郎は盛んに立ち位置を踏み替えた。だが、それより早く風鬼が風上に回り込んでくる。そして盛んに毒粉を浴びせてきた。

ここは大谷川の急流によって削られた渓谷だ。尖った岩が剝き出しになっており、足場はよくない。

――このままでは……。

いずれ逃げ場もなくなり、毒粉を浴びせられてしまう。

信十郎は下流へ走った。

「おっ……！」

信十郎はハッと目を見開いた。いつのまにか貯木場のたもとに追い詰められている。

激流が渦を巻き、波頭が白い飛沫を噴き上げている。

水面では巨大な丸太が何本も波うって浮き沈みを繰り返していた。木を繋ぎ留めるため岸壁から巨木まで伸びた鉄の鎖が、山風を切ってビュウビュウと鳴いている。

追ってきた風鬼が信十郎の背後に立つ。

「食らえ！」

今度は両手から毒粉を放ってきた。

「ようし、来い！」

信十郎は鉄の鎖に飛び移った。

「なんと！」

風鬼は目を丸くする。軽業師の綱渡りのように鎖を渡って、信十郎は大谷川に浮かんだ巨木の上に降り立った。

巨木の群れは激流に煽られ、龍のように跳ね踊って荒波をかきたてる。川面一帯に水飛沫が濛々と沸き立っていた。風鬼が放った毒粉は飛沫の水滴に捉えられ、赤黒い水となって川面に落ち、流れていく。信十郎は水飛沫のカーテンに護られて、毒粉の攻撃から逃れたのだ。

「おのれ！」

この水飛沫の中では得意の技も効かぬ。そうと覚った風鬼はふたたび刀を抜いた。

「ダアッ！」

信十郎を追って身を投げて、巨木の上に難なく降り立った。

貯木場に漬ける時点で木材は樹皮を残しておく。水棲昆虫が巣くうのを防ぐためだ。たっぷりと水を含んではいるが、ザラザラとした樹皮は摩擦力があり、忍びの足腰であれば足場とするのに十分だ。

信十郎と風鬼は、波うつ巨木の上で対峙した。互いに刀を構え合う。

天海は息を切らしながら走ってきた。戦場で鍛えた身体だがさすがに八十九歳。気ばかり急いても体力がつづかず、何度も転がって錦繍の法衣を汚してしまった。

それでもなんとか坂道を這い上がり、貯木場を見下ろす岩場の上に出た。

「おおっ！」

配下の風鬼と謎の男が、刀を構えて向かい合っている。

天海は、オランダ人から東照社に奉納された遠眼鏡を取り出し、片目に当てた。謎の男の姿が大写しとなった。


信十郎は水飛沫の中に身を隠すことで、風鬼の毒粉から逃れえたと思っていた。だが、今度は別の脅威が襲いかかってきた。

激流がうねり、巨木がザバンと波を立てる。そのたびに盛大な水飛沫が顔面めがけて押し寄せてくる。

「ぷはっ！」

目も開けていられない。息も継げず、呼吸が乱れる。

剣術において呼吸の乱れは『気息の乱れ』に直結する。咄嗟の斬撃、あるいは防御を不可能にさせてしまう。

すかさず風鬼が斬りつけてきた。全体重を浴びせて突進してくる。

信十郎ほどの剣客であるから、どうにか抜き合わせることができた。が、足元はよろめき、濡れた樹皮の上で転びそうになっている。

用心深い風鬼はすぐに飛び退いた。隣の巨木に飛び移る。信十郎は離れ際の一刀を繰り出すこともできなかった。

まるで剣術を習いはじめたばかりの子供のようだ。気息は整わず、足元もおぼつかない。こんな無様なありさまでは、いずれ風鬼に斬られてしまう。

風鬼は巨木の上で飛び跳ねた。ドンッと丸太を踏み鳴らすと、ザンブリと波が立って、またも盛大な水飛沫が信十郎に襲いかかった。

信十郎はすかさず隣の木に移る。風鬼の風上を占めなければならない。

信十郎と風鬼は、風上に立つために貯木場に浮かんだ巨木の上を飛び移りつづけた。しかし、さすがに風鬼は風の鬼だ。容易に風上を渡さない。やっと風上に出た、と思ったら、今度は風向きが変わってしまう。風向きが変わるのを読みきって、信十郎に場所を譲ったのだ。

またもザンブリと水を浴びせられた。同時に風鬼が斬りつけてくる。信十郎はよろめきながら受けたが、右の肩から胸にかけてを斬りつけられた。

幸いに薄い傷だ。しかし、牛革の羽織で護っていなければ命に関わる斬撃だったろう。

信十郎は背後に飛び退いて逃れた。風鬼との距離をとる。

風鬼は余裕の笑みを漏らしつつ、信十郎を嘲弄した。

「どうした、仕切り直しか。だが、どれだけ頭を捻ったところで、このわしから風上を奪うことはできぬぞ」

山の気流は複雑にうねっている。しかもこの場所は渓谷だ。地形が複雑に絡み合った場所では風向きも常に変化しつづける。よほどに地形を研究し、気象現象に通じ、かつ、空気の動くさま（今日でいう流体力学）を理解している者だけが、風向きを読み取ることができるのだ。

「そりゃ！　行くぞ！」

風鬼が巨木を飛び移り、着地と同時にドンッと蹴る。飛沫は、まるで命を持ったかのように渦を巻きながら信十郎に襲いかかった。

同時に風鬼の突進。またしても風鬼の太刀筋が信十郎を捉えた。今度は太腿を斬られた。

信十郎は隣の丸太に移って逃れる。飛び移ると同時に金剛盛高を逆手に持って、切っ先を木の幹に突き刺した。

風鬼はニヤリと笑った。どうやら太腿の傷は思った以上に深いらしい。刀を杖代わりにしないと立っていられない様子だ。

「もはや逃れることもできまい。ここがお主の墓場よ」

もう一度、水飛沫を浴びせてやる。そして斬る。これでとどめだ。

「死ねい！」

風鬼は両脚に渾身の力を籠めて跳ねた。全体重を乗せて巨木を蹴らんとした。

その瞬間。

信十郎は幹に刺していた金剛盛高を振り上げた。

「なんじゃや!?」

風鬼は、予期せぬ事態に慌てた。信十郎が振り上げると同時に鉄《くろがね》の鎹が弾け飛んだ。つづいて巨木を繋ぎとめていた鎖が外れるのが見えた。

支えを失った巨木が激流に呑まれる。丸い形状の物体は、流れの中では際限なく回転するという性質がある。丸太がゆっくりと回りはじめた。

そのとき風鬼は空中にいる。蹴り下ろそうとした足元で、木が横転をしている。さすがの忍びでも、空中を移動することはできない。そのまま巨木に落下して、足元を取られて体勢を崩した。

瞬間、信十郎の黒い影が突進してきた。――斬られる！　と風鬼は理解したのだが、足元は無様に流れている。

咄嗟に、踏み直して逃れようとした。だが、鎖から解き放たれた木は、風鬼が踏んだ分だけ水に沈んだ。跳躍力は吸収されてしまった。

「ぐわっ！」

左腕に衝撃が走る。自分の腕が血を噴きながら飛んでいく。川面にボチャンと落下して、激流の渦に巻かれ、沈んでいくのがはっきり見えた。

それでもなんとか逃れえたのは、片腕を犠牲にしたおかげだ。風鬼は二本背後の丸太に後退した。

斬られた腕から血が溢れている。大谷川の流れにも負けない勢いだ。急激に血を失って、目の前が暗くなった。

――これで最期か。

そう思うと、なにやら急に可笑《おか》しくなった。腹の底の想いをぶちまけてやりたくなった。

「ふふふ……。皆同じだ。太平の夢に酔っておる」

風鬼は片腕で刀を突き出した。覆面は剝がれ、素顔がさらけ出されている。意味ありげに笑った口元に血が点々と飛び散っていた。

「誰しもが太平に慣れ、おのれの本分を忘れている。若い忍びどもは修業を怠け、老いた忍びどもは技を忘れ、働き盛りの者どもは、忍びの技より商売に精を出しておる。お前に腕を斬られた隠形鬼なんぞは、東照社を飾る彫刻を削るのに忙しく、お前に対する恨みつらみなど、すっかり忘れてしもうたようじゃ」

風鬼は呵々大笑した。

「だが！　お前は違う。お前だけは違う！」

こんなことを語りだして何になるのか、と思わぬでもない。しかし、目の前のこの男なら、自分の思いを受けとめてくれるのではないか、などと感じている。

その感傷が可笑しくてならない。自分はこんなに甘ったれた男だったのか。

「何が違う」

信十郎は訊ねた。

「お前は、殺し合いの中でしか生きていけぬ男よ！　太閤が殺した何十万もの亡霊がそうさせるのだわ！　亡霊どもの恨みつらみが、お前の肩にのしかかっておる！」

天海はそのとき、たしかに聞いた。

「太閤が殺した――とは？　いかなる意味じゃ」

なぜ、秀吉に殺された者たちの霊が、あの壮士に祟らねばならぬのか。

「ま、まさか！」

天海は高度な知能の持ち主である。一瞬にしてすべてを覚った。

風鬼は、斬られた腕から血をしぶかせながら、巨木の上を飛んだ。

「辛かろう。苦しかろう。そんな生きざまは。……よかろう、このわしが今、引導を渡してくれようぞ」

風鬼はただ単に、貯木の上を飛んで渡っていたのではなかった。巨木同士を繋いで固定する鉄の鎖を外していたのだ。

大谷川の激流に煽られて、巨木の群れが大きくうねった。信十郎も足を取られてたたらを踏んだ。

「さらばだ！」

バラバラになった巨木は、てんで勝手に流れはじめる。もはや足場としての意味をなさない。風鬼の身体は水面に落ちた。そこへ巨木が二本、挟み込むように押し寄せてきて、激突した。風鬼の血飛沫が白い波を赤く染めた。

信十郎は巨木の上を必死に飛んだ。川岸は遠い。間に合いそうにない。

そのとき、一本の走り縄が飛んできた。走り縄とは、修験者が山歩きの際に使う縄だ。近代登山でいうところのザイルである。

信十郎は走り縄の端を摑んだ。直後、足元の巨木が大きく揺れて、うねりながら下流へ押し流されていった。

信十郎は走り縄をたぐって岸に上がる。

縄の端は杉の木の根に縛りつけられていた。いったい誰が、自分を救ってくれたのだろう。

杉の木の根元に、まだ新しい木屑が散らばっていた。何者かがここに座って木を彫っていたのか。木を彫りながら、信十郎と風鬼の戦いを見守っていたのか。


天海は狂乱している。

「御用材が！　東照社の御用材が！」

押し流されていく。数年かけて脂抜きをした大事な柱が失われてしまう。

巨木の群れは勢いに乗って押し流され、さらに下流の堰に次々と激突した。

頑丈に作られた堰も、この衝撃には耐えられない。堰の土盛りにひびが入る。土留めの柱が不気味な音をたててへし折れた。

堰は決壊し、さらに勢いを増した激流は巨木をはるか下流まで押し流した。ブルドーザーもクレーンもない時代である。日光の建設現場まで運んで戻すことは不可能だ。

天海は、崩れた堰で渦巻く怒濤を呆然と見つめ、その場に力なく両膝をついた。

第七章　偃武の風日

一

年が明けて、寛永二年（一六二五）になった。

成瀬正成は一旦は意識を取り戻したものの、もはや食事もろくに喉を通らず、ただただ、病み衰えていくばかりの姿となっていた。

それでも年を越すことができたのは、戦場で鍛えた強靭な肉体と、大御所政権で年寄を務めたほどの精神力があればこそだろう。

しかし、やはり回復は望めない。命の尽きる瞬間は旦夕《たんせき》に迫っている。

成瀬家の重だった家臣たちは皆、正成の寝所の内外に侍《はべ》っていた。あとはもう、ご臨終の瞬間を待つばかりだ。葬式に備えて集まっている――そんな姿に見えなくもなかった。

正成の死に際は、悽愴なものであったと伝えられている。

「日光へ連れて行け」と、そればかり、病床から訴えつづけたという。

家臣たちは、なにゆえ正成が日光に行かねばならぬのかがわからない。人生の最後に、東照神君様にご挨拶したい――ということなのだろうと解釈した。

だが、この病状で長旅は不可能だ。そもそも附家老が勝手に主家から離れることは幕府に禁じられている。

仕方なく家臣たちは座敷内に輿を持ってきて、その上に正成を横たえた。そして屋敷じゅうを担いで歩いて、日光へ向かって旅をしているように装った。

成瀬正成はもはや目も見えなくなっており、耳もろくに聞こえない。

家臣たちは屋敷内を一周するたびに、「今は栗橋の宿にございます」「今、宇都宮を通りすぎました」「そろそろ今市にございます」と成瀬正成に語って聞かせた。

かくして日光まで擬似の旅路はつづいたのだが、家臣が「神橋が見えましたぞ」と告げたところで正成は、息を引き取ったという。

寛永二年一月十七日。

成瀬正成、卒《しゅつ》す。享年五十九。

徳川家康最晩年の側近にして天下の老中。大坂の陣では堀埋め立ての策謀をもって豊臣家を攻めたて、ついには滅ぼした謀臣の、あまりにも寂しい末期であった。

二

鉄砲洲の太物屋を服部庄左衛門が訪れていた。日当たりの好い奥座敷で、信十郎と将棋盤を挟んで睨み合っている。

産室からはミヨシの呻き声が聞こえてくる。今朝方から産気づき、産婆とお志づに連れられて行った。

台所ではキリが必死になって湯を沸かしている。仮にも服部宗家の姫君、しかも服部半蔵三代目なので、家事などしたことがないし大の苦手だ。が、ほかにやれる者がいないのだから仕方がない。火吹き竹の扱いが下手なので顔じゅう煤だらけだ。信十郎や鬼蜘蛛のほうがまだマシなのだが、男が出産に関わることはタブーとされているので手が出せない。

ちなみに武士は家事もする。戦場には男しかいないので、料理も洗濯も縫い物もなんでも自分たちでやる。できなければならない。それが武士だ。

鬼蜘蛛は居ても立ってもいられない様子だ。常日頃から落ち着きがないのに、今日はまたなおさらである。無理もあるまい。

「こんなときは将棋でも指しているのが一番なんでっせ」と言って、庄左衛門が将棋盤を持ってきたのだが、鬼蜘蛛は将棋の駒の動かし方を知らない。仕方がないので信十郎と庄左衛門で指している。なにやらおかしな話だ。

そこへキリが入ってきた。力なく腰を落とし、襷をほどいてガックリと首を垂らした。

「人間の赤ん坊というものは、なかなか生まれて来ぬものなのだな。……オレが子供のころ飼っていた犬は、朝、気がついたら子犬を何匹も産んでいたものだが」

庄左衛門は苦笑いする。

「それはまぁ、犬のお産のようなわけにはいきませぬよ」

「疲れた」

キリがポツリと口にすると、鬼蜘蛛が激昂した。

「アホウ！　朝からずっと息んどるミヨシの身になってみィ！　その程度で疲れたな

んぞとぬかしとったら罰が当たるでェ！」

「ああ、そうだな。悪かった」

キリにしては珍しく自分の非を認めると、スゴスゴと台所へ戻って行った。

「ほい、王手」

庄左衛門が飛車を振って、信十郎の金を取った。

「ああ……、これは、参りました」

信十郎も負けを認めた。

「庄左衛門殿はお強いのですね」

庄左衛門はすこし困った顔をした。

「将棋が強いと言われたのは、これが生まれて初めてですわ」

これで何局めなのか、救いようのないヘボ将棋を指していたとき、突然、赤ん坊の泣き声が産室の中から響いてきた。男たちがハッとして顔を向けた。

「生まれよった！」

鬼蜘蛛の表情が晴れ渡る。

「そのようだな」

信十郎と庄左衛門も安堵して互いに頷きあった。

しばらくして、お志づが出てきた。満面に汗を滴らせていたが、爽快な表情をしていた。

「おめでとうさんどす、鬼蜘蛛はん。男の子でっせ」

「男かいな！」

鬼蜘蛛は産室に飛び込もうとして、お志津に腕ずくでとめられた。

「まだあきまへん。血の道が下がるまではミヨシはんをそっとしておきなはれ」

出産直後の妊婦は、安静にさせておかないと命に関わるとされていた。

「さ、さよか」

鬼蜘蛛が座り直す。信十郎に向き直った。

「聞いたか。男やて」

そりゃ聞こえているに決まってる。信十郎は朗らかに笑った。

「おめでとう」

「ありがとうさんや。……これで、信十郎の護り忍びに二代目ができた。わしは安心して死ねる」

「いきなり何を言う。不吉な」

「わしの思ったまんまの気持ちや。新しいモンが生まれてきて、古いモンから死んでいく。これが人の世の道理やないか。わしはこれで安心して死ねるわ」

常に生死の境にいる忍びとしては、偽らざる感想なのであろう。

しかし、信十郎としては心中複雑である。

――鬼蜘蛛の子にまで、護ってもらいたいとは思わない……。

逆ではないのか。信十郎が、鬼蜘蛛の子を護ってやらねばならないはずだ。

しかし、年老いて身体が動かなくなれば、たしかに、若い護り忍びに護ってもらう必要が出てくる。それが忍びの宿命だ。あるいは、武士の世界も同じかもしれない。

信十郎は、そこまで考えて、ハタと気づいた。

「そうか、だから偃武なのか……」

太平の世ならば老人たちも、若い者に護ってもらわなくとも生きていける。若い者たちの命を犠牲にして老人が生き長らえる、などという事態もなくなる。

「やはり、偃武とは尊いものなのだ」

為政者の人格識見はどうあれ、徳川の世を永続させねばならない。つまりはこれこそがその理由なのだ。と信十郎は思った。

三

日光。

職人のための作業小屋が大谷川に沿って建ち並んでいる。隠形鬼は黙々と、左腕一本で鑿を振るいつづけている。

猫の彫刻はほぼ、完成形に近づいてきた。隠形鬼は小ぶりの鑿で細かく顔を彫りはじめた。

猫は目を閉じている。なにやら眠ったような表情である。ふと、何を思ったのか、隠形鬼はフッと、薄笑いを漏らした。

「……風鬼に似ておる」

堰を切って溢れ出た巨木に呑まれ、激流の中に姿を消した盟友の面影が、猫の表情に表われていた。

むろん、風鬼は手練の忍びとして恐れられた男だ。この猫のような蕩けた顔つきなどすることはなかったのだが、それでもこの彫刻のどこかに、あの男の面差しが宿っていたのだ。

隠形鬼は鑿を置いた。

猫を彫りつづけているあいだ、一度も風呂に入っていないし着替えてもいない。垢染みた衣は袖も裾も千切れ、立ち上がっただけで縫い目がほつれてボロ布のようになった。

隠形鬼は小屋の間口の筵を上げて外に出た。冷たい風が吹いている。

——さて。あの男を倒しに行かねばならぬ。

自分自身の力で。誰の手も借りずに。そのために、奴の命を救ってやったのだ。

隠形鬼は坂を下り、そのまま二度と、戻ることはなかった。

四

赤ん坊が泣いている。猿のように皺くちゃな顔だ。鬼蜘蛛が大事そうに両手に抱いてあやしていた。

「めんこいのう。これがほんまにわしの子やろか。可愛らしすぎるのとちゃうか」

まるっきりの親馬鹿である。可愛い可愛いと連発し、のみならず、周囲の者にも同意を求めてくる。同じ縁側に腰掛けながら、信十郎は苦笑いばかりを漏らしていた。

――平穏無事とはよいものだな……。

心底からそう思った。

これが戦国の世の忍びの里なら、生まれた子はすぐ親元から引き離される。親も子もなく非情に徹することこそが忍びの掟だったからだ。

――天下太平とはまことによいものだ。

この幸せが永遠につづいてくれればよいのに。と、信十郎は太陽を見上げて思った。

が、突然。

表店に通じる通り庭の屋根の下の暗がりから、キリが音もなくやってきた。

信十郎はギョッとした。キリは、なにやら凄まじく深刻そうな顔をしている。おまけに顔色まで悪い。

キリは常に無表情なのだが、これほどまでに深刻な顔つきは見たことがない。いうまでもなくキリの正体は服部半蔵、彼女の許には日本国じゅうから極秘の情報が集まってくる。よほどの大乱の兆しか、と、信十郎は覚悟を固めた。

キリは無言で信十郎を見つめている。力なく片腕を上げて、袖口から出した指先をクイックイッとしゃくった。「こっちへ来てくれ」と言いたいらしい。

信十郎は腰を上げてキリの傍に寄った。

近くで見るとまた一段と酷い顔色だ。

「どうした。病か」

キリはそうだとも違うとも言わず、ただ一言、「すこし、吐いた」と応えた。

「吐いた？　なんだ？　食い合わせが悪かったか」

「違う」

キリは首を横に振ってから、俯いた。

「志づが申すには、つわりではないか——と」

信十郎は啞然とした。

「懐妊したということか!?」

「どうやら、そういうことらしい」

キリは、自分の身体に起こった出来事を、どう受けとめていいのかわからぬような顔をした。

信十郎もまったく同感であった。

縁側では鬼蜘蛛が、黄色い作り声で赤ん坊をあやしつづけている。

時代小説
二見時代小説文庫

斬刃乱舞《ざんじんらんぶ》　天下御免《てんかごめん》の信十郎《しんじゅうろう》6

著者　幡《ばん》　大介《だいすけ》

発行所　株式会社　二見書房
東京都千代田区三崎町二－一八－一一
電話　〇三－三五一五－二三一一［営業］
〇三－三五一五－二三一三［編集］
振替　〇〇一七〇－四－二六三九

印刷　株式会社　堀内印刷所
製本　ナショナル製本協同組合

落丁・乱丁本はお取り替えいたします。
定価は、カバーに表示してあります。

 ISBN978－4－576－10024－1
http://www.futami.co.jp/

快刀乱麻　天下御免の信十郎1

幡大介［著］

二代将軍秀忠の世、秀吉の遺児にして加藤清正の猶子、波芝信十郎の必殺剣が擾乱の策謀を断つ！雄大な構想、痛快無比！火の国から凄い男が江戸にやってきた！

獅子奮迅　天下御免の信十郎2

幡大介［著］

将軍秀忠の「御免状」を懐に秀吉の遺児・信十郎は、越前宰相忠直が布陣する関ヶ原に向かった。雄大で痛快な展開に早くも話題沸騰　大型新人の第2弾！

刀光剣影　天下御免の信十郎3

幡大介［著］

玄界灘、御座船上の激闘。山形五十七万石崩壊を企む伊達忍軍との壮絶な戦い。名門出の素浪人剣士・波芝信十郎が天下大乱の策謀を阻む痛快無比の第3弾！

豪刀一閃　天下御免の信十郎4

幡大介［著］

三代将軍宣下のため上洛の途についた将軍父子の命を狙う策謀。信十郎は柳生十兵衛らとともに御所忍び八部衆の度重なる襲撃に、豪剣を以って立ち向かう！

神算鬼謀　天下御免の信十郎5

幡大介［著］

肥後で何かが起こっている。秀吉の遺児にして加藤清正の養子・波芝信十郎らは帰郷。驚天動地の大事件を企むイスパニアの宣教師に挑む！痛快無比の第5弾！

斬刃乱舞　天下御免の信十郎6

幡大介［著］

将軍の弟・忠長に与えられた徳川の〝聖地〟駿河を巡り、尾張、紀伊、将軍の乳母、天下の謀僧・南光坊天海ら徳川家の暗闘が始まった！血わき肉躍る第6弾！

天下御免の信十郎シリーズ1～6

藤井邦夫

柳橋の弥平次捕物噺　シリーズ1〜5

陽光燦めく神田川を吹き抜ける粋な風！　南町奉行所与力の秋山久蔵と北町奉行所同心白縫半兵衛の御用を務める岡っ引の柳橋の弥平次の人情裁きが冴え渡る！

浅黄　斑

無茶の勘兵衛日月録　シリーズ1〜8

武士としてのあるべき姿とは？　越前大野藩の御耳役、無茶勘こと落合勘兵衛の成長と闘いを描く激動と感動の正統派大河教養小説（ビルドンクスロマン）の傑作シリーズ！

井川香四郎

とっくり官兵衛酔夢剣　シリーズ1〜3

藩が取り潰され、亡き妻の忘れ形見の信之介とともに仕官先を探す伊予浪人の徳山官兵衛。酒には弱いが悪には滅法強い素浪人のタイ捨流の豪剣が、欲をまとった悪を断つ！

江宮隆之

十兵衛非情剣　シリーズ1

気鋭が満を持して世に問う冒険時代小説の白眉！　突然の火災による近江国友村の全滅に潜む幕府転覆の陰謀。柳生三厳の秘孫・十兵衛は死地を脱すべく秘剣をふるう！

二見時代小説文庫

大久保智弘

御庭番宰領 シリーズ1～4

〝公儀隠密の宰領〟と〝頼まれ用心棒〟の二つの顔を持つ元信州弓月藩剣術指南役で無外流の達人鵜飼兵馬。時代小説大賞作家が圧倒的な迫力で権力の悪を描き切る傑作シリーズ！

風野真知雄

大江戸定年組 シリーズ1～7

現役を退いても、人は生きていかねばならない。元同心・旗本・商人と前職こそ違うが、旧友の隠居三人組が、〈初秋亭〉を根城に江戸市中の厄介事解決に乗り出した。市井小説の傑作！

楠木誠一郎

もぐら弦斎手控帳 シリーズ1～3

記憶を失い、長屋の手習いを教える弦斎には元幕府隠密の過去があった！ 弦斎はある出来事からふたたび悪に立ち向かう。歴史ミステリーの俊英が鮮烈な着想で放つシリーズ！

小杉健治

栄次郎江戸暦 シリーズ1～4

田宮流抜刀術の達人にして三味線の名手、矢内栄次郎を襲う権力の魔手！ 剣の要諦は生きることのすべてに通じる――吉川英治賞作家が人生と野望の葛藤、深淵を鋭く描く！

二見時代小説文庫

武田櫂太郎

五城組裏三家秘帖 シリーズ1〜2

伊達家仙台藩に巻き起こる危機に、藩奉行探索方で影山流抜刀術の達人・望月彦四郎が立ち向かう。〝豊かな物語性〟で描く白熱の力作長編シリーズ！

早見 俊

目安番こって牛征史郎 シリーズ1〜5

六尺三十貫の巨躯に優しい目の心優しき旗本次男坊。目安番・花輪征史郎の胸のすくような大活躍！ 征史郎の無外流免許皆伝の豪剣と兄・征史郎の頭脳が謀略を断つ！

花家圭太郎

口入れ屋 人道楽帖 シリーズ1

行き倒れた浪人が口入れ屋に拾われ、生きるため慣れぬ仕事に精を出すが…。口入れ稼業の要諦は人を見抜く眼力。市井の人情を描いて当代一の名手が贈る感涙シリーズ！

松乃 藍

つなぎの時蔵覚書 シリーズ1〜3

元武州秋津藩藩士で、いまは名を改め江戸にて貸本屋笛吹堂を商う時蔵。捨てざるを得なかった故郷の風はときに狂風を運ぶ！ 俊英女流が描く力作！

牧 秀彦

毘沙《びしゃ》侍 降魔剣《ごうまけん》 シリーズ1～3

御上の裁けぬ悪に泣く人々の願いを受け、悪人退治を請け負う竜崎沙王ひきいる浪人集団〝兜跋組〟が邪滅の豪剣を振るう！ 荒々しくも胸のすく男のロマン！

森 真沙子

日本橋物語 シリーズ1～6

間口一間金千両の日本橋で店を張る蜻蛉屋の美人女将・お瑛が、優しいが故に見舞われる哀切の事件。文壇実力派の女流が円熟の筆致で描く人情とサスペンス！

森 詠

忘れ草秘剣帖 シリーズ1～2

開港前夜の横浜村に瀕死の若侍がたどり着いた。記憶を失った彼の過去にからむ不穏な事件、迫りくる謎の刺客、そして明かされる驚愕の事実とは……。大河時代小説！

吉田雄亮

新宿武士道 シリーズ1

宿場を「城」に見立てる七人のサムライたち！新しい宿駅・内藤新宿の治安を守るべく微禄に甘んじていた伊賀百人組の手練たちが「仕切衆」となって悪を討つ！